MW00736529

EL PASE DEL TESTIGO

Diseño de tapa: María L. de Chimondeguy / Isabel Rodrigué

EDGARDO COZARINSKY

EL PASE DEL TESTIGO

EDITORIAL SUDAMERICANA
BUENOS AIRES

IMPRESO EN LA ARGENTINA

Queda hecho el depósito
que previene la ley 11.723.
© *2001, Editorial Sudamericana S.A.®*
Humberto I° 531, Buenos Aires.

www.edsudamericana.com.ar

ISBN 950-07-1951-7

© Edgardo Cozarinsky, 2000

Para Alberto Tabbia

ANDANZAS

ESTATUAS Y MOMIAS

Al principio creí descubrir un cementerio. Al salir de Budapest rumbo al lago Balaton por la ruta 70 se atraviesa un barrio de la ciudad que los turistas no visitan. Aunque tiene los espacios verdes y los baldíos frecuentes de cualquier suburbio, y está muy lejos del ajetreo peatonal y el tráfico congestionado de Pest, es parte de la ciudad: su distrito XXII (Budapest, como París y Viena, está dividido en *arrondissements*). A un lado de la autopista que lo cruza, un bosque de estatuas asalta la atención. Muy pronto, la ausencia de ángeles y alegorías esperanzadas, la abrumadora repetición de una cabezota hirsuta y barbuda, y de otra más pequeña y calva, denuncian que no es un cementerio, o por lo menos no un cementerio común. Ese amontonamiento de efigies de Marx y de Lenin, más algún obrero ejemplar, representado en plena tarea de construir el socialismo, constituye el parque Szobor o parque de las estatuas.

La gente lo llama "parque de recuerdos del comunismo". Ahí han ido a parar las estatuas que en otros países del este europeo terminaron descargadas en basurales. Mis amigos de Budapest me explican, con cierto orgullo mezclado a la autoironía, que el proverbial sentido comercial de los húngaros les impidió liquidar sin algún tipo de rédito esos recuerdos de un pasado re-

11

ciente. Sobre el modelo de los "parques temáticos" (*the-me parks*) norteamericanos, crearon esta pesadilla al aire libre, abierta sólo en primavera y verano: una Disneyland del marxismo-leninismo, que los turistas del Oeste pagan por visitar.

En Tallinn no pude encontrar una sola estatua de Marx o de Lenin. Antes de 1990, Estonia sólo había conocido veinte años de independencia, entre las dos guerras mundiales de este siglo; desde la Edad Media, el país había sido conquistado, ocupado o absorbido por daneses, suecos, caballeros teutónicos y, desde 1710 hasta 1919, por Pedro el Grande y sus sucesores. Entre 1940 y 1944, Estonia fue sucesivamente anexada por la URSS, ocupada por el ejército alemán y reconquistada por los rusos; casi todas las familias tienen muertos en ambos bandos, que creyeron, todos, estar peleando por su país. En esos tiempos difíciles, el Teatro Nacional Estonio no dejó de funcionar. Su gran dama de la escena cumple 90 años el día en que debe hacer una participación especial en un film que estoy rodando en Tallinn. Le pregunto cómo eran esas temporadas en una capital disputada entre imperios rivales; ella esboza una mueca escéptica antes de murmurar, lacónicamente: "Un año Schiller, el otro Gorki".

Necesito para el film colocar una estatua de Lenin en el centro de una pequeña plaza y hay que buscarla en el sótano del Instituto de Historia Social. Allí duermen cientos de óleos que acataron la estética del realismo socialista, a la espera de la tesis o el museo que les devuelva una vida segunda, la del testimonio.

La conservadora del museo, una profesora madura e inescrutable, me dice que los ejemplos más espectaculares de arte oficial fueron comprados por coleccionistas alemanes que apuestan a un *revival* futuro de ese academicismo. "No están mal pintados, si eso significa algo todavía", me dice mientras desempolva docenas de ilustraciones de almanaque de un optimismo difunto.

Finalmente, la estatua elegida —un modesto calco en yeso— llega a la plaza, es instalada sobre un pedestal y los asistentes de decoración empiezan a trabajar la pátina para la filmación del día siguiente. Pero a la mañana la descubrimos derribada, destrozada; a modo de firma, una pequeña bandera estonia ha sido plantada en la nieve. El director de arte se limita a comentar: "No hay nada que hacerle, esa gente no dejó un buen recuerdo..."

El original, desde luego, sigue en Moscú, aunque nadie se atreve a predecir por cuánto tiempo aún. En la Plaza Roja hago cola, como el turista obediente que allí soy, para visitar el mausoleo. Aunque no somos muchos los que cumplimos con lo que fue un peregrinaje obligado, tengo tiempo para observar las cúpulas de la catedral de San Basilio, con sus oros y esmaltes multicolores: un decorado de Bakst para Diaghilev, incongruente a pocos metros de la severa muralla del Kremlin, bordeada por tantas tumbas de héroes de la URSS. El estudiante ruso que me acompaña me señala las lápidas de los que fueron matados por orden de Stalin, que luego les rindió el máximo honor de una tumba en la Plaza Roja.

Cuando finalmente entro en el mausoleo, guardado por unos soldados jovencísimos que de "los viejos tiempos" sólo pueden haber conocido el descalabro, me impresiona menos la momia que el dispositivo de luces que rodea el sarcófago de vidrio (¿o plexiglás?; es imposible acercarse para tocarlo) y le otorga a Ulianov una verosímil "piel de durazno". La ilusión de vida es demasiado pulcra, el traje azul marino bien planchado y la corbata a pintitas evocan menos una idea de sencillez en el personaje que el cuidado constante que ese símbolo exige.

Me explican que cuarenta personas están dedicadas exclusivamente a su mantenimiento y tiemblan cada vez que resurgen los rumores de un entierro. Cada tanto se le extirpa un minúsculo cuadrado de piel para verificar el estado de la conservación y modificar, si fuera necesario, el tratamiento que ha permitido a ese cadáver sobrevivir al mundo que inventó.

No sólo los argentinos somos necrófilos, aunque en el sempiterno oficio de repatriar muertos ilustres o polémicos es posible que no tengamos rivales. Pero la momia de Lenin, como el hoy derribado muro de Berlín, parecen ilustrar, cada cual a su manera, el carácter profundamente conservador del comunismo, o al menos de su práctica. En un siglo que nació con el teléfono, conoció la televisión y el fax, y hoy se extingue en el umbral de Internet, hay algo prodigiosamente anacrónico en elegir la incomunicación como preservador de la salud moral y herramienta política: censura integral, concesión discrecional de pasaportes, control de la vida privada.

Los artistas sucesivos que retocaron el rostro de Lenin tenían por consigna disimular sus rasgos mongoles, tártaros; sin embargo, el imperio que ese mortal había creado —en cuyo centro de poder iba a latir, como un corazón eternamente vivo, su propia momia incorrupta— se me figura retrospectivamente como la prolongación simbólica de un proyecto político asiático: la Gran Muralla china.

(1996)

LEJOS DE SEVILLA
(1492-1992)

1992. En este año de festejos obscenos mis pasos no se dirigen a Sevilla sino hacia Salónica.

Conozco pocos lugares donde me sienta más a gusto que en Andalucía. Allí cristianos, musulmanes y judíos habían hallado un modus vivendi, seguramente difícil y, como todo arreglo, sin gloria; pero sus frutos fueron espléndidos e innumerables: poesía, arquitectura, música, traducciones, placeres, ciencia.

En 1992 he decidido que estoy de duelo por la destrucción de ese entendimiento, tanto más seductor en su imperfección que la oficina de contratación de la Compañía de Indias, que los tribunales del Santo Oficio.

Sin embargo, me digo, es en castellano que aprendí a nombrar el mundo, a dibujar las primeras palabras sobre la página en blanco en la Argentina donde nací. No en quichua ni en aymará. (Estas lenguas precolombinas me son mil veces más extranjeras que el inglés o el francés en que aprendí a saborear los peligros de *Treasure Island* o a reconocer el alejandrino en *La Nuit de mai*.) En castellano escribieron los poetas de ese Siglo de Oro contemporáneo de la Compañía de Indias y de los tribunales de la Inquisición; es a ese idioma que, en la primera mitad del siglo XX, Borges dio nueva vida. Y debo admitir que si he podido heredarlo es porque 1492 destruyó esa utopía retrospectiva cuya desaparición hoy lamento...

No hay uso inocente. No puedo evitar un reflejo irritado cuando oigo a indigenistas de toda obediencia exponer sus reivindicaciones en castellano. Inmediatamente, me digo que eso sólo hace aun más evidente el triunfo del idioma, ya que no procuran hallar un público por medio del quichua o del aymará.

También me obligo a recordar que a principios de nuestro siglo Menéndez Pidal rastreó versiones antiguas de los romances medievales en Tánger, en Salónica, en Alejandría. La diáspora sefardí había conservado, durante más de cuatro siglos de ausencia territorial, el patrimonio de una España cuyos reyes habían elegido desterrar a una parte de los hijos de esa tierra. Es en otro castellano (que estaba esperándome en tierra argentina, gracias a las lanzas y al fuego de los conquistadores...) que ya la primera generación nacida en la Argentina de mis antepasados llegados de Kiev y de Odessa conversaba en la intimidad. Y hoy nadie me pide que renuncie a ese idioma, que es el mío.

En la obra de Canetti puedo celebrar el triunfo del idioma alemán, lengua de su educación, en la que decidió escribir a pesar de que los efímeros vencedores de un Reich de mil años, que sólo duró doce, lo obligaran a exiliarse. De niño, Canetti había aprendido a reconocer en el castellano de los sefardíes balcánicos aquellos romances anteriores a un exilio de siglos. Aún hoy sus primos de cultura hablan en castellano: no se dicen

18

egipcios o turcos, sirios o iraquíes, sino sefardíes de Alejandría o de Constantinopla, de Alepo o de Bagdad... ¿Acaso Sefarad no quiere decir, simplemente, España?

De ese castellano no quisiera separarme jamás, aun cuando me ocurre expresarme a veces en francés o en inglés. Un castellano que hoy desafía al inglés en los Estados Unidos. Lengua de diásporas y emigraciones, sigo su huella camino de Salónica para volver a la maravillosa librería de la familia Molho, y no a la exposición universal de Sevilla. Yo, que tan bien me siento en Andalucía, sobre todo en Sevilla... Pero 1992, decididamente, no es año para visitarlas.

(1992)

FANTASMAS DE TÁNGER

I

Si hubiese ido a Tánger en busca de un pintoresco *dépaysement,* nada me habría devuelto más bruscamente a mi propia tierra firme que Paul Bowles, al preguntarme en nuestro primer encuentro, en un castellano perfecto, qué era de Adolfo Bioy Casares. Gran admirador de *La invención de Morel,* y sobre todo de *Plan de evasión,* Bowles, que ha dejado gradualmente de interesarse en el presente "en la medida en que puede hacerlo alguien que aún no ha muerto", recuerda que a principios de la guerra, durante una visita a Victoria Ocampo en el Waldorf Astoria de Nueva York, la formidable anfitriona le había arrojado sobre las rodillas un ejemplar de *El jardín de senderos que se bifurcan,* publicado por Sur meses antes, con un perentorio "¡Léalo!".

Fue así como conoció a Borges, como empezó a familiarizarse con los escritores argentinos. Me cuenta la historia del epígrafe de Mallea que puso a *The Sheltering Sky,* cómo el escritor argentino no lo reconoció y Bowles mismo no pudo encontrar su fuente cuando más tarde la buscó. "La memoria suele hacernos jugadas como ésta", comenta, arrugando tal vez en un guiño algunos de los innumerables pliegues de piel bronceada que rodean sus ojos clarísimos, luminosos. Es un día de primavera, pero en la chimenea del cuarto vecino arden leños y él, con una bata de lana sobre el pijama, me recibe sin dejar su lecho, cubierto con dos frazadas.

Bowles detesta que le pregunten por qué "eligió" vivir en Tánger. Tal vez la tácita respuesta sea parte de esa aceptación resignada de la fatalidad que tanto lo emparienta con una sensibilidad islámica. Si lo hostigan, repite que "los males de la sociedad industrial" llegan más lentamente y con mucho atraso a ese rincón del norte de África. Pero también admite que le gusta pensar que vive en una tierra donde la brujería es una realidad cotidiana, en la que el veneno circula como mensaje de amor o de odio entre los individuos, en la que los duendes —los *djinn* del folklore magrebí— explican tanta cosa que "los norteamericanos de mi generación, con sus supersticiones científicas, llamaban bacilos y los jóvenes de hace treinta años bautizaron malas ondas". Sonríe al evocar esos vaivenes de la ideología cotidiana.

II

En la opaca, rastrera verdad de los documentos, Tánger fue una "zona internacional" entre 1922 y 1956. En 1912 el káiser había visitado ese puerto, destinado al comercio por su posición en el extremo atlántico del Estrecho de Gibraltar. En la orilla de enfrente, en el Peñón, los ingleses se inquietaron. Apenas termi nada la Primera Guerra Mundial, intrigaron para que ese punto estratégicamente valioso quedara neutralizado. El estatuto de la zona internacional completó la dominación colonial sobre el territorio marroquí: el sur ya era protectorado francés, el norte, protectorado español; la ciudad, gobernada por una junta en la que estaban representadas las principales potencias marítimas de la época, debía asegurar la libre circulación por el Estrecho.

El corolario de esas maniobras mercantiles fue imprevisible. Se abrió la puerta a todos los fantasmas. Puerto franco, Tánger se convirtió en una zona extraterritorial con un mínimo de leyes, sin impuestos, donde el oro y las divisas entraban y salían libremente; más aún, donde lejos del control de sociedades más rígidas las extravagancias de la conducta suscitaban una sonrisa divertida pero ninguna censura moralista. El *kif* y otras variantes indígenas del *cannabis,* las preparaciones opiáceas que las farmacias de otras latitudes retaceaban, sobre todo la tradicional bisexualidad de los jóvenes, convirtieron la zona internacional en un limbo donde Jean Genet y William Burroughs, entre cientos de europeos y norteamericanos menos prestigiosos, pudieron vivir las fantasías que, en aquellos tiempos, en otras latitudes los habrían llevado entre rejas.

III

A otros ese microcosmos cosmopolita les permitió construirse un reino imaginario para sus veleidades de

23

ficción. David Herbert era el segundo hijo del duque de Pembroke, por lo tanto sin derecho al título ni a la herencia familiar. En los años 30 llegó a Tánger con Cecil Beaton y muy pronto se instaló en una casa más fantasiosa que sólida, más colorida que señorial, en medio de un parque de la vieja Montaña, y desde allí urdió sus redes hasta convertirse en el árbitro social de la vida elegante tangerina. Hoy su mayordomo ha heredado la residencia y la alquila a turistas recomendados por la pintora escocesa Marguerite McBey o por el profesor John McPhillips, dos lazos vivos con la leyenda de la zona internacional. En su tarjeta se lee, más grande que su propio nombre, *Former owner: the Honorable David Herbert.* Cuentan que este "segundo hijo" (expresión que eligió como título de sus memorias), condenado a vivir de su ingenio, no se desplazaba sin llevar en el bolsillo etiquetas autoadhesivas con su nombre. Si el anfitrión de turno lo dejaba solo un instante, pegaba una de esas etiquetas bajo la silla o la mesa más valiosa de la casa: más tarde, cuando el dueño era atropellado por un taxi o asesinado por un gigoló, llamaba a los herederos para comunicarles que el difunto "le había prometido" el mueble en cuestión. Al hallar su nombre en una etiqueta envejecida, se lo entregaban, halagados como suele estarlo la clase media cuando la aristocracia la pone a su servicio.

En otro extremo, Barbara Hutton, heredera de la fortuna de las tiendas Woolworth (las originales *five and dime stores*) —millones que siete maridos sucesivos, el actor Cary Grant incluido, no lograron agotar—, llegó a Tánger en la segunda posguerra y se inventó una residencia, Sidi Hosni, a partir de siete casas de la Casbah. Walter Harris, arquitecto inglés, aristócrata expulsado de la Corte por sus indiscreciones, las comunicó y decoró hasta componer el miliunanochesco palacio de esa monarca de la *café-society*. El alcohol y el aburrimiento la sometieron como a otros el sexo o el juego. Padecía de hipotermia y le regalaba joyas y pieles a la mujer del doctor Little, que era hipertérmica, para que le calentara la cama media hora todas las noches. Al final de su vida no caminaba más, se hacía llevar en brazos, y explicaba que era "demasiado rica como para caminar". Ningún museo, ninguna fundación perpetúa su nombre. Apenas si, poco después de su muerte, un pequeño bazar (¿justo regreso a las fuentes?), improvisado ante su casa, intentó durante unos meses aprovechar su nombre para atraer a los turistas que pasaban por allí.

IV

Pero el destino cosmopolita de la ciudad, sólidamente asentado sobre todo tráfico y comercio, databa de mucho antes. Ya en el siglo XIX las caravanas que llegaban del desierto depositaban su cargamento en el patio de los locales, tan modestos como cualquier otra casa de la Medina, de los bancos Abensur y Pariente. En 1956, cuando el *status* internacional de la ciudad fue abolido, un año después de la independencia de Marruecos, esos mismos bancos ya habían trasladado hacia Gibraltar el "oro de Tánger", acumulado durante la Segunda Guerra Mundial y celosamente conservado en la posguerra, cuando las economías dirigidas de

25

Europa occidental, por no hablar de los regímenes del Este, hicieron apreciar particularmente ese refugio cercano y discreto.

Larbi Yacoubi me cuenta que, en el subsuelo de una casa hoy cerrada, en pleno centro de Tánger, sobre la plaza de Faro, operaba una fundición donde hasta los años 50 se hacían lingotes con cuanta joya o moneda llevaba el público. Jovencito, al visitar esa reliquia de otra era, encontró en el piso una moneda con la cruz esvástica. La única explicación es que los ingleses, amenazados por las falsas libras que los nazis acuñaban en Berlín, habían decidido replicar con falsos *Reichsmark made in Tanger*.

V

La diferencia de presión atmosférica entre el Mediterráneo y el Atlántico mantiene el aire del Estrecho en constante mutación. Las nubes rosadas se disuelven en una bruma plomiza y ésta es pronto atravesada por los haces dorados de un sol crepuscular. El mar nunca está lejos: irrumpe, visible entre dos paredes encaladas, o al pie de tantas calles que descienden abruptamente de la Medina o de la ciudad "moderna". A lo lejos, el puerto, una vez activo, nunca parece terminar de desperezarse. Los colores de las buganvillas, de los laureles blancos y rosados, reflejan las horas del día; si se apagan al anochecer, es para permitir que la brisa difunda el perfume de jazmines y damas de noche. Es tan fácil dejarse acunar por esta naturaleza, efusiva sin énfasis, por la indolencia que, de invitación en paseo, de excursión en visita, lleva al visitante, con un breve trayecto, de las playas del Mediterráneo a las del Atlántico... Pero el verdadero exotismo de Tánger es social, humano, aun cuarenta años después de clausurada la zona internacional.

David Herbert y Barbara Hutton fueron sólo las efigies más visibles de una época en que "Orejas alertas" Dean, *barman* del hotel El Minzah, espiaba simultáneamente para alemanes e ingleses. Así pudo, después de la guerra, abrir su propio bar e iniciar una tercera carrera como proxeneta para visitantes distinguidos. En que una tal Phyllis de la Faille coleccionaba en su residencia de la Nueva Montaña animales exóticos en libertad. Un buen día, al quejarse de que ya nadie aceptaba sus invitaciones, Truman Capote le explicó que en su casa el olor a excrementos era demasiado fuerte; sorprendida, *Madame* de la Faille prometió encadenar los monos a los grifos del cuarto de baño. En que un joven lord desheredado se jactaba de haber hecho chantaje al Vaticano con la amenaza de difundir su *liaison* con un arzobispo húngaro. Nadie supo nunca si el relato era verídico, pero el relator terminó como representante en Tánger de un banco de la Santa Sede, hasta ser a su vez desplumado por un jovencito malagueño, hoy maduro y opulento anticuario muy fotografiado por las revistas de decoración. En que un tal Topić Mimara, estudiante croata de historia del arte que pasó la Segunda Guerra Mundial en la Unión Soviética, al llegar a Austria en 1945 como intérprete del Ejército Rojo, se vio confiar el inventario de un depósito de obras de arte robadas por el Tercer Reich. Tras consignar sólo dos tercios de los objetos hallados, se incautó en medio de la noche de un

camión, lo llenó con el tercio restante y gracias a salvo-
conductos inverificables en la confusión de aquellos meses logró llegar a Trieste y embarcarse con su tesoro
rumbo a Tánger. Allí murió hace un lustro, en un piso
alto del edificio Méditerranée. Cada año se cruzaba a
Gibraltar con un par de telas y las vendía a Sotheby's,
"para ir tirando". En que Jean Genet, al ver al borde de
las lágrimas, humillado por dos turistas suecas, a un
policía que intentaba vender billetes para una rifa, lo
llamó, le compró el talonario entero y exclamó "¡Cómo
no amar un país donde un policía es capaz de llorar!"
Hoy Genet está enterrado en Larrache, 80 kilómetros al
sur de Tánger, sobre el Atlántico. Los azares póstumos
suelen ser irónicos: para esa tumba no musulmana había un solo cementerio posible en la ciudad y era el del
ejército colonial español.

VI

Los fantasmas de Tánger existen, como el peligro o
la Gracia, para quienes creen en ellos, para quienes
llegan alimentados por la literatura que esos fantasmas han cultivado, que en torno de ellos aún prolife-
ra. Otra humanidad, agreste, nada divertida, se agi-
ta por la ciudad. Como en Nueva York y en Buenos
Aires, busca ropa o comida en los tachos de basura.
Cuando ven pasar un Mercedes o un BMW, saben
que lo conduce alguien "que está en la menta", es decir, en el tráfico de hachís, que otros llaman "expor-
taciones no tradicionales", aunque se trate del culti-
vo más tradicional del Rif.

Yunes tiene trece años y viene del sur, pero no de una ciudad invadida por el turismo elegante, como Marrakesh, ni de una meta del turismo de masa, como Agadir. Desde muy chico, oyó decir en su pueblo que de Tánger parten embarcaciones clandestinas que depositan a diez, veinte personas en algún lugar de la costa española. (¡España! Esa parcela de la Comunidad Europea, de la sociedad de consumo, donde —enseña la televisión española, que se capta en todo el país— con sólo asistir a un programa de juegos puede ganarse el automóvil, el departamento, las sumas de dinero que de este lado del estrecho son símbolo de riqueza...)

En Tánger, Yunes trabaja como lavaplatos en distintos cafés, vende cigarrillos de contrabando; cuando su madre se prostituye en algún hotel de la Medina, duerme bajo los puestos del mercado o tal vez no rehúse la invitación de algún europeo sonriente, generoso, tanto más amable que los patrones que lo explotan en el trabajo cotidiano. Cuando tenga reunida la inimaginable cantidad de *dirham*, podrá cruzar el estrecho en una "patera". Rezará para que no lo larguen, como les ha ocurrido a otros, en algún punto desconocido de la costa marroquí, para que al avistar la costa española no lo arrojen al agua con un "de aquí puedes llegar a nado". Él nunca ha oído hablar de Bowles, de Burroughs, de Genet. Para él, Tánger es sólo un punto de partida.

(1997)

MITTELEUROPA-AM-PLATA

Los afiches anunciaban "1º de abril del año 2000". ¿Fue la rima involuntaria entre "abril" y "mil"? En todo caso, en una tarde a mediados de los somnolientos años 50, un adolescente sin demasiadas ganas de ir a clase de gimnasia prefirió separarse de parte de su dinero de bolsillo para investigar lo que ese título prometía. La fecha tenía su fascinación: estaba en un futuro aún lejano y en el horizonte no asomaban las epidemias de guerras civiles, desempleo masivo y deficiencia inmunitaria que iban a acompañarla. Suscitaba curiosidad, no espanto.

¿Había fotos a la entrada del pequeño cine? ¿No bastaron para disuadirlo? ¿Acaso no las miró? Una vez en la oscuridad de la sala, necesitó muy poco para entender que el film no lo iba a seducir con ningún *frisson* apocalíptico. Los supuestos instrumentos "futuristas" eran evidentemente de lata. Los vehículos, sin aspiraciones interplanetarias, parecían de cartón. Muy pronto se sintió en presencia de una imprevista animación de la publicidad de Casa Lamota, cuyos príncipes hindúes y bailarinas rusas, por lo menos en las páginas de *Billiken,* habían accedido al privilegio del color. (¿En qué año se extinguió definitivamente el carnaval, por entonces ya agonizante en la adusta Buenos Aires?)

Porque ese cine y aquel adolescente que iba a ser yo estaban en Buenos Aires. El film resultó muy distinto de

31

la ciencia ficción: ocurría en Viena, tenía que ver con la cuádruple ocupación de Austria que siguió a la Segunda Guerra Mundial, y estaba lleno de ironías, sobreentendidos, entre *kabarett* político y pompa patriotera, que superaban ampliamente mi comprensión, dejándome irritado por la sensación de un espesor, si no de una profundidad, que se me escapaba al mismo tiempo que la intuía.

Muchos años después, tal vez cuarenta, una amiga vienesa me prestó una videocassette de *1.April.2000*, tal el título original del film. Así fue como otra tarde, ésta a mediados de los años 90, en París —donde hace mucho que vivo— volví a verlo. Como una de esas flores de papel japonesas, que sumergidas en agua abren sus pétalos y revelan formas y colores inesperados, descubrí un film distinto del apenas recordado. Y no sólo eso. El film, desde luego, *es* otro; visto en la pequeña pantalla doméstica, por momentos coincidía, más frecuentemente se alejaba, del visto en la gran pantalla de un cine de barrio hoy demolido o convertido en supermercado. Que se superpusiera o discrepara con las borrosas imágenes que había guardado era menos importante que el hecho de que ahora me dejaba en una encrucijada. Tampoco me pedía que eligiera entre dos films, dos proyecciones, dos ciudades... ¿Dos espectadores?

En el momento de reencontrarme con el film yo ya había visitado Viena, en el otoño de 1986, mucho antes de la fecha del título pero mucho después que Austria hubiese recuperado su autonomía (un hecho que el film, burlonamente, fechaba en el futuro lejano del título). Durante aquella visita había tomado notas en un cuaderno que esa misma tarde releí. Entre la videocassette y el cuaderno no se entabló diálogo alguno. Una vez más, como un detective escéptico, comprendí que los indicios sólo permiten descubrir algo distinto de lo que salimos a buscar.

En el film, el primer ministro de la Austria ocupada luce impecables modales y un sentido preciso de la negociación, que le permiten saber cuánto hay que ceder para ganar otro tanto; hombre de mundo, sonrisa seductora y mirada filosa, parece una tardía cruza de Talleyrand y Metternich. En el mundo de la Guerra Fría, con sus alianzas y bloques rígidos, su *charme* de la vieja escuela produce una impresión intemporal. No puedo sino pensar en él cuando leo en mi cuaderno: "Hay un memorial a los soldados del Ejército Rojo, en medio de una plaza a corta distancia del monumento al mariscal Schwarzenberg; pero es imposible hallarlo si no indica el camino un buen conocedor de la ciudad". Tres años antes de la caída del muro de Berlín, esa duplicidad —erigir el memorial y luego disimularlo con árboles perennes— me llenó de admiración por las estratagemas de supervivencia —neutralidad provechosa para el comercio y respeto necesario ante el poderoso vecino soviético— de una ciudad que tantas ocupaciones había conocido, que tantos imperios vio surgir y derrumbarse, entre ellos el propio.

Como un film anterior y más ilustre —*La kermesse héroïque* de Jacques Feyder— *1° de abril del año 2000* me aparece ahora como un perverso elogio de la colaboración, del compromiso "realista", de todo lo rechazado por el culto de los héroes tan caro a Hollywood y a Mosfilm. Debo confesar en este punto que mi visita a Viena de 1986 se debió a una invitación para participar en un coloquio sobre G. W. Pabst, el gran director austríaco cuya reputación, altísima hasta principios del período sonoro, se eclipsó aun antes del golpe de gracia que le propinó el haber trabajado en el Tercer Reich durante la Segunda Guerra Mundial. Por las tardes, veía o reveía no sólo *La calle sin alegría, Lulú* o *La tragedia de la mina* sino muchos títulos oscuros que desconocía; por las mañanas escuchaba a sesudos profesores, algunos de los cuales debatían si era necesario considerar como propaganda los films que Pabst hizo en los años de la guerra, si el cineasta debía ser juzgado cómplice de un poder aberrante.

Atendía a sus argumentos sin poder impedir que volvieran a mi mente los films inequívocamente fascistas de Rossellini, o el para mí igualmente fascista *Alexander Nevsky* de Eisenstein, cineastas cuyo prestigio nunca se vio empañado por la suspicacia ideológica.

¿Acaso hay imagen más impresionante del líder como encarnación de los anhelos no expresados de un pueblo que la propuesta por Eisenstein? Su obra maestra suele ser considerada "meramente" stalinista: presenta a los caballeros teutónicos como metáfora de los alemanes expansionistas contemporáneos a su producción, y su Nevsky prefigura al "padrecito de los pueblos" soviético. El film fue producido meses antes del acuerdo germanosoviético que permitió a ambas potencias dividirse Polonia. Eisenstein pasó a dirigir, durante la vigencia del "pacto de no agresión", una puesta en escena de *Die Walküre* para la Ópera de Moscú, sin duda un tema de ardiente actualidad... Su ansia de conformismo, y su profunda incapacidad para realizarla, iba a producir en los años 40 las dos partes del fascinante *Iván el terrible*. Concebidas como glorificación de las purgas stalinianas que habían "limpiado" el Partido Comunista —cuyos elementos indeseables tienen en el film el rostro de los boyardos—, la figura del Zar adquiere una complejidad trágica, una dimensión shakesperiana que resultó llanamente inaceptable para los criterios utilitarios de Stalin. En cambio, *L'Uomo della croce* y *Un pilota ritorna* de Rossellini, impregnados de un sentimentalismo y una retórica propios de tiempos de guerra, serían pronto borrados por la emotividad más noble y la aparente ausencia de retórica, aun pacifista, de las obras mayores que iba a realizar en la posguerra: *Paisà* y *Germania anno zero*.

Pienso que Pabst trabajó en un terreno tan ajeno a la audacia, la intuición y la impaciencia, por no mencionar el ilimitado oportunismo romano, de Rossellini, como a la obsesividad, la abstracción compulsiva y el erotismo reprimido de Eisenstein. Su talento, indiscutible, actuó como una caja de resonancia para el *Zeitgeist,* para el *air du temps* en que realizó sus mejores films, lejos de todo extremismo. De su trabajo en el Tercer Reich puede decirse que esas evocaciones históricas podían servir a algún propósito cultural del régimen, aunque el resultado nunca es, como en Rossellini y Eisenstein, desmesurado. La tragedia de su reputación está menos ligada al horror del Tercer Reich que a su mesura como artista: en el campo de batalla del prestigio, el medio del camino conduce siempre a la derrota.

¿Qué significaba Viena para mí en aquellos años 50? Me había impresionado, desde luego. *El tercer hombre,* donde la ciudad aparecía engarzada en un truculento juego de luces y sombras, pero sobre todo presente en los rostros surcados y las miradas huidizas de tantos actores secundarios en quienes podían leerse siglos de supervivencia en Europa central. También había visto *Cuatro en un jeep,* una tibia confección, muy "Naciones Unidas" de tono, que a pesar de su chatura me había familiarizado con la vida cotidiana en la ciudad, dividida entre cuatro ejércitos ocupantes y llena de personas desplazadas. Pero estas imágenes, aunque tan inmediatas como sólo el cine puede ofrecerlas, no eran todo.

Viena también era para mí el "otro lado de la medalla", el "adversario" de Berlín en una interminable controversia familiar entre abuelos. El padre de mi madre, nacido en Odessa, tenía a Viena por el centro del mundo, donde el *art de vivre,* noción que nunca se preocupó por explicarme, había sido perfeccionado y practicado en mil y una sutilísimas variaciones. Mi abuelo paterno, cuyo padre había nacido en Kiev, admiraba a Berlín, ciudad de gente seria y responsable, que sabían lo que era trabajo y disciplina. Cada uno sostenía sus argumentos con el entusiasmo de actores de provincia, deseosos de no desmerecer ante los divos que —supongo— habían creado esos personajes en un escenario de alguna lejana capital. Para uno, los prusianos eran campesinos ignorantes venidos a más; para el otro, los vieneses eran "decadentes": creo que fue la primera vez que esa palabra llegó a mis oídos. En voz baja, como si hiciera una confidencia, me decía: "Guardan los corazones de sus emperadores en formol y los exhiben en un museo..."

Tuve que esperar hasta mi visita a Viena de 1986 para comprobar la existencia de la *Habsburgisches Herzgruft,* aunque no pude visitarla: en aquel momento se necesitaba una autorización especial, había que solicitarla con una nota manuscrita y la respuesta, aun favorable, no podía sino llegar después de mi partida. Para entonces yo ya sabía que mis abuelos nunca habían estado en Viena ni en Berlín, que sus debates eran de naturaleza puramente deportiva, si se quiere intelectual, no contaminados por ninguna experiencia personal. El hecho de que se hubiesen entregado a ellos con tanto ardor a principios de los años 50, aunque fuera en otro extremo del mundo, sin que un genocidio reciente les hiciera cuestionar su admiración por Viena o Berlín, hoy me habla menos de la volubilidad de toda noción de solidaridad ideológica, o "racial", que de la índole tan particular de la vida en Buenos Aires.

En *1° de abril del año 2000* hay una delegada sudamericana entre los congresistas que van a decidir si Austria recupera, o no, su independencia. Como se llama señorita Urquiza, se me ocurrió que representaba a la Argentina. Pelo renegrido, maquillaje cobrizo y una especie de poncho de fantasía completan su imagen. Al volver a ver el film, ese poncho me recordó el atuendo de gaucho que viste Valentino para bailar el tango en *Los cuatro jinetes del Apocalipsis*. Valentino de gaucho, bailando el tango, siempre había sido objeto de risa en la Argentina. Le expliqué a mi amiga vienesa que el tango es un baile ciudadano, y que la ropa gauchesca resulta tan absurda en relación con él como —improvisé el ejemplo— si la *süsses mädel*, la falsa ingenua y prostituta ocasional en *La ronda* de Schnitzler, apareciera vestida de tirolesa y entonando el *yodl*. Por toda respuesta, mi amiga fue a buscar un disco en cuya cubierta

Gardel aparecía vestido de gaucho... Recordé entonces algo que Bioy Casares me había contado: que en el campo, tras el éxito de aquel film, los peones querían vestirse como Valentino; los almacenes tuvieron que poner en venta ropa parecida y, tras pocos años de usarla cotidianamente, esas prendas se hicieron auténticas.

Hoy las semimentiras de ayer ya no pueden disimular las semiverdades que en su origen aspiraban a encubrir. Nunca hubo una diplomática argentina como la señorita Urquiza. Su realidad pertenece al mismo mundo de cartón y lata que el film presenta. Pero esas imágenes tal vez reflejan, más exactamente que cualquier "documental", la idea que muchos austríacos se hacían de la difícil situación de su país en la década que siguió a la Segunda Guerra Mundial. Lejos, muy lejos, palpita el recuerdo de otro film vienés, una opereta de principios del período sonoro: *El congreso baila*. En ese caso el congreso era el de 1815, y Metternich tiraba los hilos de casi todas sus marionetas. Tal vez el cine que no critica su historia esté condenado al *remake* involuntario...

Mientras estas ideas me asaltan, vuelvo al adolescente porteño, en un cine de barrio, a mitad de los años 50. Quisiera interrogarlo sobre tantas cosas que en su momento no me interesaban y hoy son las únicas que deseo poder recuperar. Pero permanece obstinadamente mudo. Como el pasaporte en cuatro idiomas, que sirve de fondo a los títulos de presentación del film, ha perdido validez. Si algo me dice con su silencio es que le parece cómico, y patético también, verme inclinado, revolviendo el tacho de basura de la Historia.

(*1995*)

OTRO PUDOR DE LA HISTORIA:
Sobre Karl Kraus y *Die Fackel*

Hay un texto de Borges, recogido en *Otras inquisiciones,* que no agota las sugerencias de su título: "El pudor de la historia". Después de mencionar la afición de los regímenes autoritarios modernos por las efemérides, "jornadas en las que se advierte el influjo de Cecil B. de Mille", nuestro gran escéptico añade: "Yo he sospechado que la historia, la verdadera historia, es más pudorosa y que sus fechas esenciales pueden ser, asimismo, durante largo tiempo, secretas".

Borges escribía dos años después que la Argentina se había visto obligada por ley a añadir "Año del Libertador General San Martín" a toda mención de la fecha 1950. Casi medio siglo después, es la industria cultural la que nos impide ignorar que en 1999 se cumple el centenario del mismo Borges, así como el de otros escritores famosos de excelencia dispar: Nabokov, por ejemplo, honrado en vida, como Borges, por la negativa de la Academia Sueca a concederles el premio Nobel, ambos abrumados hoy por homenajes, exposiciones, seminarios y todo tipo de publicaciones; el japonés Yasunari Kawabata, también, inasible y perverso novelista, a quien el Nobel no supo devaluar; un poeta impar como Henri Michaux; finalmente, Ernest Hemingway y Miguel Ángel Asturias, ellos sí a la altura del Nobel, autores de una obra cada vez menos transitable.

La relectura del ensayo de Borges me invita a rescatar de la sombra un aniversario que podría escapar a la atención actual: en 1899 aparece en Viena el primer número de *Die Fackel* (La antorcha), periódico personal, y que llegaría a ser unipersonal, de Karl Kraus.

Un hombre publica durante treinta y siete años un periódico del que buena parte del tiempo es el único redactor. Su ambición: hacer oír a los contemporáneos su disidencia con los valores consagrados por la sociedad en que viven, ellos y él. En Umeå, Laponia, o en Esperanza, Santa Cruz, este argumento tendría por protagonista a un viejo cascarrabias que fotocopia un airado boletín de tono aleccionador. Digamos, en cambio, Viena entre 1899 y 1936, digamos Karl Kraus, y tendremos *Die Fackel*, una empresa de crítica cultural exigente, antidogmática, única, que hoy parece anunciar el espléndido crepúsculo de la alta cultura en Europa.

Kraus había nacido en Bohemia, en 1874, en una familia judía de cultura germana, totalmente asimilada en el Imperio Austro-Húngaro. Su padre, próspero fabricante de papel, se instaló en Viena cuando su hijo tenía tres años. Esa ciudad, en aquellos tiempos no tanto la capital de Austria como la de las muchas naciones del Imperio, iba a ser el centro de su vida cotidiana y su acción pública. Kraus tenía dieciocho años cuando dio sus primeros pasos en el periodismo y las primeras conferencias: dos actividades a las que dedicaría su vida, aunque de un modo nada tradicional.

El café Griensteidl, frente al imponente pórtico del Hofburg —palacio y sede de la corte y la administración imperial—, se convirtió muy pronto en *su* café, en esa ciudad donde los cafés, como recuerda Stefan Zweig en sus memorias, eran a la vez clubes, salones literarios y *postes restantes.* Aun hoy, desde sus mesas, sobre las cuales pueden encontrarse, sostenidos por varillas de madera, los diarios de toda Europa, las ventanas permiten observar imponentes esculturas y fuentes barrocas: ahora rodean una serie de museos; entonces protegían el corazón del mayor imperio europeo. Es posible imaginar el entusiasmo, la particular exaltación de los jóvenes intelectuales que, ante esa vista, desmenuzaban e impugnaban las instituciones y los valores de la vida vienesa; sin duda ignoraban que ellos mismos, retrospectivamente, iban a representar un momento, tardío pero esencial, del fin de ese Imperio. Fue en el Griensteidl donde otro joven escritor, Felix Salten, futuro autor de *Bambi,* atacó físicamente a Kraus en 1897. Fue la primera de las muchas agresiones que sus artículos le iban a procurar.

A los veinticuatro años, sostenido por la fortuna familiar, Kraus decidió emprender *Die Fackel.* No era un desconocido: meses antes le habían ofrecido el puesto de "satirista en jefe" en la *Neue Freie Presse,* el diario más importante de Viena y uno de los más prestigiosos de Europa. Pero el joven escritor había preferido publicar independientemente un panfleto titulado "Una corona para Sión", donde se burlaba de Theodor Herzl, director de la sección cultural de aquel diario, y de su utopía sionista. (En 1897, Herzl había organizado el primer congreso sionista internacional en Basilea.) Durante años ese texto permaneció inabordable: después de la Segunda Guerra Mundial y del genocidio de los judíos, la posi-

41

ción asimilacionista a ultranza de Kraus, su escepticismo ante la creación, o recreación, de un Estado de Israel, pareció apenas un error histórico, aun una falta de gusto. Hoy, tras décadas de conflicto palestino-israelí y a la luz de la política expansionista de Israel, es posible leerlo con serenidad aun en la discrepancia.

Nuevas agresiones sobrevinieron. Kraus abandonó oficialmente la comunidad judía de Viena (la "Israelitische Kulturgemeinde") y lanzó el primero de los novecientos veintidós ejemplares de tapas rojas que, de 1899 hasta 1936, iban a suscitar escándalo o admiración pero que ninguna persona culta podía permitirse ignorar en Viena. Durante sus primeros doce años de vida, *Die Fackel* tuvo colaboradores distinguidos: no sólo escritores, como Wedekind, Werfel o Heinrich Mann, sino también músicos, como Schönberg y Hugo Wolf, y sobre todo el arquitecto Adolf Loos, con quien Kraus compartía la aversión por lo decorativo y una noción de saneamiento social a través de la depuración ornamental. A partir del número de noviembre de 1911, redactó solo el periódico, con la excepción de un número de 1912 donde aparece un texto de Strindberg.

Las anécdotas sobre la devoción de Kraus a *Die Fackel* confinan con la manía o el narcisismo. El polemista pasaba horas vacilando entre dos adjetivos o buscando la ubicación más "letal" para una coma. Tanta pasión, una idea tan alta de la importancia de su labor, parecen relegar a segundo plano no sólo la publicación de sus primeros volúmenes de aforismos, sino aun la conversión al catolicismo: Kraus fue bautizado en 1911, en la iglesia de San Carlos, con Loos como padrino, pero sólo lo haría público en 1922, cuando abandonó también esa religión.

Elías Canetti recuerda la impresión que le produjo, a los diecinueve años, una conferencia de Kraus a la que lo invitaron sus amigos de Viena, una velada de primavera en 1924. "La gran sala de la Konzerthaus estaba llena... La voz, cortante, irritada, dominaba al público; a menudo, bruscamente, subía de volumen... Lo que decía, con énfasis apasionado, concernía innumerables detalles de la vida pública y privada... La guerra y sus secuelas, el vicio, el delito, la concupiscencia, la hipocresía, pero también las erratas de imprenta: todo era subrayado, denunciado, puesto en un contexto con la misma energía vehemente, y arrojado sobre las mil personas que percibían cada palabra, la desaprobaban, la aclamaban o reían jubilosamente... En mi vida no conocí otro orador como él, en ninguno de los ámbitos lingüísticos que he frecuentado. Al hablar, comunicaba a los oyentes sus variados sentimientos, y ellos se los apropiaban."

En la vida privada, la fuerza con que se imponía la personalidad de Kraus se refleja en sus tormentosos amores con Sidonie Nádherná. Por momentos, esta aristócrata checa, gran belleza mundana de su época, actuó como simple secretaria para *Die Fackel.* En otros, amiga íntima de Rilke, pareció ceder cuando el poeta intentaba rescatarla de esa sumisión. En todo momento, aun casada ocasionalmente con un conde amigo de ambos, fue la amante de Kraus, a quien la ligaba inescapablemente —declaró— la fascinante imagen que él se había forjado de ella. Exiliada en Inglaterra cuando los comunistas tomaron el poder en Checoslovaquia, dedicó sus últimos años a copiar, para preservarlas, las más de mil cartas de Kraus que conservaba; en cambio, vendió las de Rilke antes de morir en Londres, oscuramente, en 1950. (En marzo de 1999, sus restos fueron repatriados a la propiedad familiar de Janovice, sesenta y cinco kilómetros al sur de Praga.)

Para Kraus, antes que lo político o lo estético, existía el lenguaje. Algunas de sus diatribas más feroces se dirigieron a la imprecisión del vocabulario, a las falsas premisas y conclusiones infundadas del discurso; allí reconocía origen y síntomas de toda aberración política o estética. Durante una existencia rica en ex amigos y lealtades cuestionadas, nunca quebró su fidelidad a la música de Schönberg y a la arquitectura de Loos, más bien a sus ideas de música y arquitectura. Tampoco mitigó su antipatía por la música de Strauss, el teatro de Reinhardt y la obra entera de Hofmannsthal. Fue el joven Ludwig Wittgenstein quien dio una forma filosófica, rica en consecuencias, a las intuiciones del crítico. En su *Tractatus Logico-Philosophicus* el aforismo y la paradoja señalan su deuda con Kraus, por no mencionar su teoría del lenguaje o su noción de que la filosofía no debe constituir un cuerpo doctrinario sino mantener en guardia contra la posibilidad de ese cuerpo.

A través de la sátira, la crítica social y cultural de *Die Fackel* pretendió recuperar ciertas verdades elementales que Kraus veía empañadas por las supercherías de los políticos, los intereses del periodismo y el esteticismo de sus contemporáneos. Sus opiniones resultan a menudo inaceptables, pero las razones que las sustentan nunca dejan indiferente. Contra las feministas se levantó en nombre de una idea superior de lo femenino, principio "civilizador" de la sociedad, sacrificado por la mujer en la asimilación con el hombre. De la prostitución, considerada en su tiempo un "mal necesario", dijo que sus profesionales eran más heroicas que los soldados pues enfrentaban peligros equivalentes sin recibir de la sociedad honor alguno. Del psicoanálisis condenó la equiparación de salud y adaptación social, sobre todo la distorsión de la vida imaginaria; se hizo famosa su frase: "El psicoanálisis es un síntoma de la misma enfermedad que pretende curar". Supo ver, desde 1933, que el nazismo era la quintaesencia de la barbarie; en su última obra, *La tercera noche de Walpurgis*, llama a librar una "guerra preventiva" contra el Tercer Reich.

Kraus no fue un filósofo, pero la prodigiosa cultura que alimenta sus ejercicios críticos impedía, impide ignorarlos. El periodismo y en grado menor la conferencia fueron sus formas de expresión preferidas. Tendió al aforismo con mayor fortuna que al ensayo. En sus textos más extensos hay formulaciones agudísimas, pero la prosa se explaya indefinidamente, sin desarrollo, sin que el fin suponga una conclusión. Cuando la Primera Guerra Mundial puso en peligro no sólo la sociedad que él criticaba sino también los fundamentos de la cultura que necesitaba para respirar, escribió una obra de teatro irrepresentable: *Los últimos días de la humanidad.* Sus setecientas páginas impresas incluyen trece sólo de lista de personajes. En su época pareció una extravagancia más del autor, pero su técnica de citar discursos, editoriales y declaraciones públicas en una especie de polifonía satírica no dejó indiferente al joven Brecht y en los años 60 inspiró a más de un dramaturgo "contestatario".

Canetti escribiría años más tarde que Kraus "tenía el genio de la indignación". Admite que de él aprendió, ante todo, un sentido de la responsabilidad absoluta, al lado del cual las nociones posteriores de "compromiso" le parecerían banales. Gracias a ese hombre que parecía fustigar a sus contemporáneos como nadie "desde Quevedo y Swift", pero que los escuchaba y citaba como pocos intelectuales se dignan a hacerlo, también aprendió a reconocer el carácter propio de cada individuo a través de su uso del lenguaje.

Toda la vida de Kraus fue una "guerra de un solo hombre" por hacer oír su voz. Esa empresa supone la existencia de una sociedad "literata" en el sentido tradicional: una trama cultural donde las opiniones de un polemista idiosincrásico, cultivado, excelente prosista, escrupulosamente independiente más que caprichosamente contra la corriente, puedan ser atendidas, discutidas, esperadas en su próxima manifestación. Era algo posible en aquella Viena que, herida mortalmente por la Primera Guerra Mundial, iba a ser ultimada por la anexión al Tercer Reich en 1938, dos años después de la muerte de Kraus.

Los medios de comunicación de masa que más tarde se consolidaron no parecen prestarse a la afirmación de voces individuales de excepción, no meramente marginales. ¿Podrá Internet, con su multiplicación salvaje de *sites*, recrear la posibilidad de intervenciones como la de Kraus y *Die Fackel*, sin contentarse con ser la mayor fuente actual de desinformación? La cuestión, me parece, concierne menos a medios o a individuos que a la sociedad, cuyo tejido conectivo se ha rasgado irremediablemente.

(*1999*)

EL ANTES Y EL DESPUÉS:
Sobre *La ronda* de Schnitzler

Una obra de teatro sobre la puesta en escena del *antes* y del *después* del acto sexual. Entre ambos momentos, lo obsceno: fundido a negro en el escenario, línea de puntos en la página.

Como era de esperar, el *antes* es siempre más largo, retorcido y "actuado" que el *después*. A las estrategias de la seducción o el contrato sucede la impaciencia por desembarazarse de alguien que momentos antes ha sido objeto del deseo.

El cuidado con que se construye una imagen de sí mismo, imagen que después pertenecerá el *partenaire*, es siempre lo más revelador, ya sea de los individuos o de un grupo social.

Siguiendo el juego de los acoplamientos se va tejiendo una trama, visible para el espectador, ignorada por sus ocasionales instrumentos, que son también sus prisioneros. Sólo el espectador puede apreciar cómo cambia cada criatura según su *partenaire* ocasional, cómo el juego de relaciones convierte a los personajes en meras funciones.

La figura central de la obra sería el *moto perpetuo*. Nada más lejano de un "eterno retorno". La prostituta puede reaparecer al final pero nada sugiere que vuelva

47

a encontrar al soldado del principio. El mismo Schnitzler, como para escapar a todo sistema, varía las reglas del juego que propone: dos series de puntos, no una, esconden la escena entre el joven "que no está a la altura de las circunstancias" y la mujer casada; la última escena —la prostituta y el conde— es toda un *después*.

La obra juega con nuestra percepción de este mecanismo sin ser jamás puramente mecánica. Construida alrededor de un vacío central, de una ausencia (el escenario a oscuras, los puntos suspensivos) parecería que guarda un secreto. ¿Cuál? En el momento de su postergado estreno, veinticinco años después de escrita, se murmuraba que encubría una metáfora de la sífilis. Si se quiere jugar a la interpretación, ¿por qué no ver en el rechazo reiterado de poner en escena "la pequeña muerte" un reflejo anticipado de la otra, la definitiva? Esta ronda sería entonces una danza macabra...

La perennidad de una obra, sin embargo, nunca deriva de una operación intelectual. Creo que lo que no deja de cautivar en *La ronda*, lo que divierte sin por ello consolar, es sencillamente la percepción simultánea de verdades opuestas: en el frágil presente de cada escena pueden reconocerse las ilusiones tenaces, mil veces perdidas, del hombre como sujeto condenado a desear; en su encadenamiento, la voluntad de creer, una vez más, que esta vez la persecución del placer podría no decepcionar.

Voluntad de enceguecerse, tenacidad de lo ilusorio: su manifestación simultánea reproduce los fundamentos del hecho teatral, *"illusion comique"*, mentira (ficción) que dice siempre la verdad. Tal vez sugiera que la llamada "vida real" también suele proceder por erráticas alternancias de la "voluntaria suspensión de la incredulidad" y de un empecinado apego a lo perecedero.

(*1984*)

TORERO ANTE EL ESPEJO

I

En el taller de Justo Algaba, en pleno centro de Madrid, los estantes desbordan de sedas: rosada, púrpura, fucsia. Las ventanas abiertas dejan entrar el aire tibio de principios de primavera y permiten ver la severa fachada del Departamento Central de Policía. (El taller ocupa un primer piso en la calle de Carretas, a pocos pasos de la Puerta del Sol, en la misma vereda de un cinematógrafo que suelen mencionar las crónicas policiales.) Las puertas entornadas permiten descubrir a mujeres de edades muy diversas que hablan en voz baja mientras bordan flores y cosen ramilletes donde se entrelazan hilos dorados y plateados. Pero los espejos enfrentados en el salón principal sólo multiplican imágenes masculinas.

Son los toreros que don Justo viste en su taller: bordados rígidos para los hombros de los matadores, simples apliques de tul para las piernas de los novilleros. El arte de don Justo se ejerce dentro del respeto por convenciones severas. Todo un mundo de toreros con su infaltable séquito de empresarios, compañeros de cuadrilla y amigos fieles entran y salen para citas cuyas hoyas son meramente aproximativas, en una relación con el tiempo difícil de comprender según los hábitos de una sociedad utilitaria. Se mueven, sin solemnidad, entre los bastidores de un escenario sagrado: para el visitante ocasional, ese taller evoca, ante todo, una sacristía diligente, eficaz. Esta tarde la visita un popular modista parisino, encargado del vestuario de una nueva producción de *Carmen*, en busca de ideas para el traje de Escamillo. Lo guía un escrúpulo de autenticidad, pero para don Justo el pedido es insólito: ¿cómo puede vestir a un torero cuyo andar, cuyo porte desconoce? Por otra parte, las medidas del cantante no auguran una corrida memorable...

II

En una época en que jugadores de tenis y corredores de autos se exhiben como afiches animados, meros soportes para la publicidad de marcas de artículos deportivos o de cigarrillos, la ropa del torero nos recuerda, por si fuera necesario, que la tauromaquia es un rito. Su sacrificio parece más "real", más brutal que el puramente simbólico de la misa: la carne y la sangre que en él se arriesgan no resultan de la transubstanciación del pan y del vino. Sin embargo, el hábito de ambos oficiantes tiene algo en común: a pesar de múltiples variaciones en el detalle y el ornamento, no puede ignorar reglas estrictas. El culto de lo caduco, que es la esencia misma de la moda, no interviene en el ámbito de lo sagrado.

En el traje "de luces", como en el hábito sacerdotal, el lujo está sometido a un prestigio superior: el del decorado en que ha de evolucionar el oficiante. Ante el altar como en la arena, se representará una vez más un rito cuya trama es conocida por todos los espectadores.

III

Hay una alusión al nombre tradicional del traje del torero en el rótulo que don Justo ha elegido para su taller: "moda de luces". No lejos de allí, en la calle de Aduanas, Fermín López Fuentes anuncia, sencillamente, su oficio de "sastre de toreros". Mayor que don Justo, don Fermín —*blazer* azul marino, corbata impecable— dirige pruebas y terminaciones con precisión seca, con una cortesía sin remilgos.

Allí se perfecciona la nitidez del corte, se discute la legitimidad de un adorno. Ese torero que veo probando escrupulosamente su caparazón ceremonial suele ser un hombre de unos setenta kilos que ha de enfrentarse con un animal de casi quinientos. Empezará por engañarlo, por "burlarlo" con un juego casi femenino de reflejos de su traje, de movimientos de su capa, mucho antes de pensar en matarlo, o de ser matado por él.

También su traje juega con la contradicción. Por un lado: esplendor, destello de telas, bordados y apliques, que deben estar a la altura de la fiesta. Por otro: esa cáscara suntuosa existe para ser manchada de sangre y desgarrada por cuernos; como si esta violencia exigiera para ejercerse un material rico, cuyo lujo corresponda a la nobleza del objeto que recubre: el cuerpo de un hombre.

Con la corrida ocurre lo mismo que con nociones como la de sagrado y la de honor: periódicamente se las declara obsoletas, sin lograr expulsarlas de la experiencia individual más fuerte. Para la corrida hay sólo dos desenlaces posibles: el toro es vencido por el arte y el coraje del hombre, o el torero resulta herido, aun muerto. En el primer caso, el oficiante debe compartir simbólicamente la fuerza del animal sacrificado. En el segundo, se convierte en héroe, es decir, en un semidiós.

IV

Demasiado a menudo se cita a esos turistas culturales, nostálgicos de machismo como Hemingway, o de autoridad como Montherlant, que hallaban en la corrida una puesta en escena de sus fantasmas. Más interesante, menos conocida, es la burla del rito que practican los mismos españoles. Ya en los grabados de Goya había payasos en la arena, y hay fotografías de principios de siglo que registran banderilleros de circo, en motocicleta. También hubo mujeres toreros. En 1908, cuando se les prohibió torear, una de las más populares, la Reverte, confesó que era hombre y continuó su carrera bajo su verdadero nombre: Agustín Rodríguez*.

Sin embargo, del traje de luces se espera que ponga en evidencia las partes viriles del torero. De los papas,

* Debo estas informaciones al profesor Julián Pitt-Rivers.

para que el voto de castidad tenga sentido, se exige que no sean *castrati*; también el torero debe exponer, es decir poner en peligro, lo que los aficionados llaman "el paquete": el toro ha de rozarlo con su lomo, con sus muslos. Las confidencias de los toreros son elocuentes: uno dice que el toro *sabe*, siempre, si él ha estado con una mujer la noche antes de la corrida; varios confiesan que, tras la corrida, advierten haber llegado al orgasmo en algún momento del juego de enfrentamientos y esquives con el toro...

V

En el taller de don Justo me atrae un juego de miradas que no se cruzan. Absorto en las correcciones minuciosas con que perfecciona su obra, el sastre sólo atiende a la exacta colocación de sus alfileres. El aspirante a matador busca en el espejo una imagen de sí mismo que sus sueños le han prometido. Basta el módico juego de reflejos entre los focos del salón para que el joven haga olvidar sus mocasines y sus *jeans*. Bajo la efímera protección de un chaleco "de luces" repite con elegancia espontánea, con una seguridad insospechada, los "desplantes", actitudes a la vez ingenuamente enfáticas y sabiamente codificadas con las cuales el torero enfrenta al toro y esquiva su ataque.

"El torero es un actor a quien le ocurren cosas de veras" (Orson Welles).

(*1991*)

IDENTIFICACIÓN DE UN ARTISTA

Vincent Van Gogh pintó setenta telas durante los últimos setenta días de su vida. Tras un año pasado en el asilo de alienados de Saint-Rémy-de-Provence, había sido confiado por su hermano Theo a la supervisión del doctor Paul Gachet, pintor aficionado que se había instalado en Auvers-sur-Oise, a media hora al norte de París, menos para ejercer la medicina que para participar en el ambiente artístico de ese pueblo idílico. "Descubierto" por un poeta —Lamartine—, Auvers-sur-Oise debió su fama a los pintores. El paisajista Charles-François Dubigny, precursor de los impresionistas y mecenas alerta, se hizo construir allí un atelier cuya decoración encargó a Corot y Daumier. Pisarro y Cézanne precedieron a Van Gogh tanto en pintar el paisaje de Auvers como en la amistad del doctor.

Pero el nombre de Gachet iba a quedar asociado para siempre al de Van Gogh. Fue él quien lo atendió en el lecho de muerte, tras el suicidio del pintor. Para muchos, un misterio especial, inquietante, rodea el personaje. Hacia 1947, después de visitar una exposición consagrada a Van Gogh, Antonin Artaud escribió un panfleto lírico, *Le Suicidé de la société,* donde el poeta, para identificarse mejor con el pintor, identifica al doctor Gachet con su propio doctor Ferdière: figuras demoníacas, encarnaciones de una sociedad represiva y de la psiquiatría a su servicio. La enorme repercusión de este texto fue un elemento básico en la construcción de la leyenda Gachet.

El museo de Orsay presenta una exposición dedicada a la donación Gachet e, indirectamente, al personaje que reunió esa colección. La noticia, en apariencia inocente, asume para los conocedores carácter de réplica a una polémica que, sin ser nueva, conoció un soplo renovado hace poco más de un año. ¿De qué se trata? Esencialmente, de cuestionar la autenticidad de los Van Gogh que están en ese Museo y que, antes de su creación, habían estado en el Louvre y en el Jeu de Paume; por medio de ese cuestionamiento, se procura impugnar la autoridad de los expertos que desde hace medio siglo se suceden en la Dirección de Museos de Francia. No sorprenderá que el actual promotor de la polémica sea un historiador del arte, un francés residente en Holanda que nunca logró "hacer carrera" en su país, a pesar de que su padre había presidido precisamente esa dirección que supervisa todos los museos nacionales.

Para merecer la atención de los especialistas y poder prosperar, aunque sea limitadamente, toda impugnación de ese tipo debe echar raíces en terreno propicio. La relación de los museos franceses con la obra de Van Gogh lo ofrece, aun más allá de toda ambigüedad relativa al personaje del doctor Gachet. Van Gogh pintó unos seiscientos cuadros en Francia, ninguno de los cuales fue adquirido por un museo francés en vida del artista. La reputación de su obra y la leyenda del "artista maldito" tomaron forma inmediatamente después de su muerte. Su hermano Theo, de quien no siempre se recuerda que era *marchand* de arte, sólo lo sobrevivió seis meses, pero ese lapso bastó para que legara a su viuda Joanna una obra que ya representaba una fortuna considerable. Los precios aumentaron vertiginosamente en los años siguientes y, al despertar de su sopor, los museos franceses se descubrieron incapaces de pagar las sumas que habían alcanzado las telas de Van Gogh.

Si en 1911, *Las campánulas* (*Les Fritillaires*) llegaron al Louvre, fue gracias al legado Camondo, esa familia judía sefardita de Constantinopla cuya rama francesa dejaría en París un espléndido museo e innumerables obras de arte, antes de que el régimen de Vichy la deportara a Auschwitz. Otra donación, la de la familia Goujon, permitió al Louvre obtener en 1914 *Baile popular en Montmartre* (*Guinguette à Montmartre*). Otro cuadro en 1921, otro en 1931, finalmente el *Retrato de Eugène Boch*, legado por el modelo, suman las cinco únicas obras con que contaba el Louvre hasta que, en 1949, el hijo del doctor Gachet anuncia la intención, suya y de su hermana, de proponer al museo la colección del padre.

El Louvre, desde luego, se arrojó sobre la ocasión de expiar la indiferencia inicial, de compensar la posterior falta de medios. Esa impaciencia legítima, ese difuso sentimiento de culpa explican que la donación Gachet —según la polémica— haya sido acogida sin demasiada atención, que entre telas indiscutibles, el hijo del doctor haya deslizado algunas copias e imitaciones de mano de su padre.

Anne Distel, curadora de la exposición que presenta el museo de Orsay, ha reunido una imponente documentación sobre Paul Gachet. Estudiante mediocre, libre pensador, luego miembro de una logia masónica, simpatizante socialista, anticlerical, adepto temprano a la homeopatía, el personaje no parece demasiado excepcional en el contexto de la burguesía francesa de su tiempo. Nacido en 1828, Gachet tiene sesenta y dos años de edad cuando Van Gogh llega a Auvers-sur-Oise.

Su casa de Auvers se ha convertido en un salón de artistas y escritores. En el altillo, el doctor ha hecho abrir en el techo inclinado una nueva ventana para tener, por consejo de Cézanne, luz del norte; allí ha instalado su prensa de grabador. Su obra, muy modesta, no puede compararse con la de los ilustres visitantes que lo frecuentan, y él lo sabe. Sus medios le permiten dedicarse al arte pero no le autorizan el mecenazgo, que tanto lo impresiona en Daubigny; en cambio, pide y obtiene de sus amigos, de huéspedes y protegidos, un "recuerdo". Con los años, esas obras van componiendo una colección, enriquecida por algunas compras juiciosas y oportunas. El doctor sólo empieza a exponer su propia producción tras la muerte de Van Gogh, a cuyo paso por Auvers debe su fama: *marchands* y artistas emprenden el "peregrinaje" para conocerlo, escuchar sus anécdotas y visitar los paisajes entre los cuales pintó en sus últimas semanas el artista "maldito". Cuando muere, en 1909, Paul Gachet es una personalidad del mundo artístico parisiense.

Pero, como tantos otros sujetos históricos, Gachet parece escabullirse tanto más eficazmente cuanto más informaciones sobre su vida y circunstancias descubre el investigador. El doctor ha tenido un hijo que es un niño cuando Van Gogh muere. Es ese hijo quien se acerca al museo del Louvre para proponer la colección del padre, salvada durante la Segunda Guerra Mundial de eventuales bombardeos y de la muy concreta codicia del ocupante. Gachet hijo tiene una sola ambición en la vida: honrar la memoria de ese padre que nunca había sido reconocido como artista. Él mismo pinta y sus telas no suscitan mayor estima... ¿No era una ocasión soñada para reír último y mejor, esa donación que honraría públicamente el nombre del coleccionista y, en secreto, se burlaría de la autoridad de esas mismas instituciones que nunca apreciaron a su padre, antes de ignorarlo a él? Hay que reconocerlo: el personaje del hijo se presta a este tipo de hipótesis en el límite de la ficción. Entre otras extravagancias, hizo trasladar a su jardín el tilo que estaba junto a las tumbas de Vincent y Theo en el cementerio de Auvers, para que sus ramas tocasen la ventana de su dormitorio...

Es muy seductor entregarse a esta trama. Desgraciadamente para quien la propone, existen grabados y pinturas del doctor Gachet. ¿Era capaz el autor de esas obras apenas mediocres de pintar el *Retrato del doctor Gachet* hoy visible en el museo de Orsay? El cuadro sería, para la polémica, una copia con variantes del que fue hasta hace poco propiedad de un hombre de negocios japonés y que, tras su quiebra, hoy duerme, invisible en un *container*, en Tokio. Para los expertos franceses, el retrato del museo de Orsay es una segunda versión, hecha por Van Gogh como regalo para el modelo.

Para quienes estamos al margen de estas disputas, la cuestión más interesante es otra. Gachet, tal vez un *groupie* del siglo XIX, puede haber copiado los motivos de Van Gogh, imitado su técnica, incluso superándose a sí mismo al pintar al lado del artista. Pero hoy los laboratorios más sofisticados que dirimen cuestiones de autenticidad no pueden expedirse en este caso. Si algunos cuadros atribuidos a Van Gogh son realmente de su vecino, médico y admirador, los instrumentos de que disponen esos detectives se revelan ineficaces. Una pintura del siglo XVII copiada a fines del XIX puede ser examinada no sólo por el carbono 14 —que tan fatales resultados arrojó respecto del Santo Sudario de Turín— sino por el simple análisis de telas y pigmentos. Y el doctor Gachet, cuando pintaba al lado de Van Gogh, utilizaba sin duda las mismas telas y las mismas pinturas.

La última palabra queda entonces para el ojo humano, para la mirada capaz de discernir en el trazo, en el empaste, por la evaluación estética, lo que las máquinas más sutiles pueden indicar pero son incapaces de verificar.

Por otra parte, un cuadro de Van Gogh en uno de sus días menos felices ¿no puede parecer indigno del artista ante el examen de esos mismos especialistas? Sería el caso inverso del que se ha planteado respecto de cantidad de telas atribuidas a Rembrandt, y hoy consideradas de su taller o de sus mejores discípulos; varias de ellas son superiores al trabajo menor, menos admirable, del maestro. En un pasillo del primer piso del museo Van Gogh de Amsterdam está expuesta una serie de óleos anteriores al momento en que el pintor se descubrió a sí mismo, todos ellos de una mediocridad evidente. Sin embargo, su autenticidad está más allá de toda sospecha.

Finalmente, la emoción estética del simple espectador que visita un museo ¿necesita para surgir una autentificación? ¿Necesita siquiera una atribución? ¿Acaso no es posible sentir una revelación fuerte de lo que es el arte ante una obra anónima?

Lo patético es que la opinión de los especialistas, aun ligados a causas desinteresadas, termina confirmando o contradiciendo pero siempre sirviendo a las estimaciones de los *marchands*. Éste es el tema más urticante, hoy, en todo el mundo. En 1992, el *Jardín de Auvers* de Van Gogh fue rematado en París. Su propietario, Jean-Jacques Walter, obtuvo 55 millones de francos, algo más de 10 millones de dólares en ese momento. Inmediatamente atacó en la justicia al Estado francés: la obra había sido calificada de "tesoro nacional" y, por lo tanto, se prohibió su exportación a una plaza como Londres, donde habría podido alcanzar un precio muy superior.

Los expertos de Sotheby's y Christie's, que Walter llamó para apoyar su demanda, adjudicaron al óleo una base de 200 millones de francos y abogados hábiles lograron, en febrero de 1996, que el Estado francés se viera obligado a compensar al ex propietario los 145 millones de francos de diferencia (es decir, unos 29 millones de dólares del momento). Poco después, el cuadro fue denunciado como una falsa atribución y tras la muerte del comprador (el banquero Jean-Marc Vernes) sus herederos intentaron venderlo sin que nadie, en diciembre de 1996, ofreciera siquiera el monto de la base fijada. En noviembre de 1998, esos herederos iniciaron un proceso contra los *commissaires-priseurs* responsables del remate, por haber omitido, en el elenco histórico de propietarios del cuadro, al célebre falsificador Schuffneker.

Casos como éste ilustran no sólo la falibilidad humana. También echan una sombra incómoda sobre las instituciones y los especialistas llamados a autentificar una obra. Aun sin dudar de su honestidad, las garantías de su saber individual son puestas en tela de juicio. Quienes dudan de la autenticidad de los Van Gogh de la colección Gachet no terminan de ponerse de acuerdo sobre cuáles serían las telas cuestionadas. Esto no sólo debilita su posición sino que permite aplicarles la misma duda razonable sobre la fiabilidad de toda competencia humana que ellos se esfuerzan por proyectar sobre los conservadores de museo.

En el caso de Van Gogh, a partir de la primera llamarada póstuma que llevó los precios pagados por sus telas a alturas imprevisibles, empezaron a surgir, luego a proliferar, dudas sobre la autenticidad de algunas de ellas, sospechas de falsificación, atribuciones discutidas, toda una nube de escándalo que culminó por primera vez en 1928, con la condena del *marchand* berlinés Otto Wacker, que había lanzado al mercado una serie de falsos Van Gogh.

Una superstición ingenua profesa que sólo el público de los espectáculos masivos es goloso de la desdicha o la muerte precoz de sus ídolos. Sin embargo, no sólo Billie Holliday o James Dean ocupan ese aciago panteón, recientemente devaluado por el *overbooking* de los ídolos del rock. La locura, los suicidios frustrados, la automutilación de Van Gogh adquirieron muy pronto un prestigio altísimo, inconmensurable, por ejemplo, con el asma de Proust o la tisis de Modigliani.

El dinero —es bien sabido— busca redimirse pagando por el sufrimiento y la miseria ajenos, tanto mejor si es una obra de arte la que da forma y a la vez distancia el grito. El artista podrá divertirse con las intrigas suscitadas no sólo por el valor moral de la noción de autenticidad sino también por el valor mercantil, la cotización que el toque de su mano pudo conferir. Sabe que, en el fondo, esa moral, ese comercio son ajenos al arte que invocan.

(1998)

EN DESTIERRO ELEGIDO

El 21 de agosto de 1998 los restos del escritor francés Julien Green fueron inhumados en la tierra consagrada que rodea a la capilla de San Egidio, en Klagenfurt, Austria. La decisión de expatriar ese rito —Green había muerto el 13 de agosto en su departamento de la *rue* Vaneau, en el séptimo *arrodissement,* de París— fue explicada como la consecuencia, en primer término, de la negativa por parte de la Iglesia de Francia a que su compañero e hijo adoptivo Jean-Eric Green sea un día sepultado junto al escritor en una iglesia del departamento de Yvelines, cerca de París. En segundo término, por la simpatía del escritor hacia aquella ciudad austríaca, que había conocido en 1990, cuando se representó allí su obra *L'Automate.*

El episodio tiene un interés relativo si no es como adicción póstuma al individualismo de un escritor nacido en Francia, hijo de norteamericanos y que pasó una parte decisiva de su infancia en el más profundo Sur de los Estados Unidos: su madre descendía de una vieja familia de Savannah, Georgia, y hasta los doce años el futuro escritor ignoró, gracias al silencio cómplice de sus padres, la derrota de los estados confederados en la Guerra de Secesión.

Su nombre de pila era Julian, en inglés, y con él firmó su único libro en ese idioma: *Memories of Happy Days,* donde evoca sus primeros años en aquel mítico Sur que tanta gran literatura dio a los Estados Unidos. Con esa ortografía, también, figurará en la estatua de bronce, representación de los discípulos de Emaús que marcará su tumba en Austria.

Católico por elección, norteamericano por fidelidad a un territorio provincial, derrotado y orgulloso, celoso de su vida privada —que sin embargo dejó transparentar en buena parte de su obra y en su extensísimo diario—, ausente de los *media* pero sin miedo a comentar lo político desde un punto de vista moral, y por lo tanto anacrónico para sus contemporáneos, el escritor francés que firmaba Julien Green siempre defendió su derecho a la diferencia.

Hace unos años, al renunciar a su calidad de miembro electo de la Académie Française, explicó su decisión sucintamente, por el deseo de preservar su independencia de criterio y conducta, al margen de los honores que la institución podía conferirle y que, pasados los noventa y cinco años de edad y los más de cincuenta volúmenes publicados, lo dejaban indiferente. La Académie no le perdonó ese desaire. Tal vez la Iglesia tampoco le haya perdonado su primer libro, de 1922, titulado *Panfleto contra los católicos de Francia,* cuya exigencia moral le ganó la amistad perdurable de Jacques Maritain.

Más cautivante que la anécdota es comprobar una vez más el valor simbólico que, aun al margen de la religión, se confiere a la tierra donde un cuerpo va a descansar, se espera que definitivamente. Que Joyce esté en el cementerio de Fluntern, en Zurich, y Borges en el de los Reyes, en Ginebra, dice menos sobre Suiza que sobre la compleja trama de lealtades, distancia, aun rencores, entre esos escritores, los países donde nacieron y las ciudades que, en algún momento decisivo de sus vidas, adquirieron para ellos su particular significado afectivo.

Que yo sepa, ningún grupo irlandés ha reclamado los restos de Joyce, o por suerte ninguno lo ha logrado; tampoco los de Oscar Wilde, que siguen en el cementerio del Père Lachaise, en París, siempre bajo ese misterioso ángel esculpido por Jacob Epstein. Un grupo de argentinos más ansioso por asociar su nombre a la actualidad política que por el sentido de su petición se agitó hace una década para que Borges fuera "repatriado": sacudón póstumo que habría merecido la sorna del escritor, al hallarse siguiendo las huellas de José de San Martín, Juan Manuel de Rosas y Ernesto Guevara, "repatriados" post mortem para cumplir con una Historia de cuya mayúscula Borges siempre desconfió.*

Muy distinto, en cambio, fue el "retorno" póstumo a Hungría de Bela Bartok, muerto en Nueva York en 1945, cuyos restos fueron llevados a Budapest cuando su país natal empezaba a emerger del comunismo. El centenar de melómanos que acompañó el féretro en París (un barco lo había llevado de América a Le Ha-

---

* Esa iniciativa no tenía nada en común con el legítimo reclamo reciente de los sobrinos del escritor.

vre, de donde un tren lo condujo a la Gare du Nord, distante trescientos metros de la Gare de L'Est, de donde partía el tren hacia Budapest) sólo recordaba con su breve desfile silencioso que la cultura siempre ha resultado ser más fuerte que la política y ha sobrevivido a los embates de ésta, aun cuando se autoconsagren "revolución cultural".

Tal vez, tácitamente, incluso desde la asediada fortaleza del positivismo y sus reencarnaciones, se confíe, se necesite confiar, en que, al desintegrarse, el cuerpo mortal abona, fecunda la tierra que lo consume, con la que terminará confundiéndose. Entre los argumentos que suele urdir la imaginaria relación entre un padre (presente en la *patria*), una madre (activa en la lengua *materna*) y un hijo ausente, relapso prestigioso, la recuperación póstuma es de los más fuertes. Valor simbólico, sentido prestado, difuso misticismo, todo confluye en ese afán, más temible, más irracional porque su vehículo, y no ya su metáfora, es esa materia corruptible, perecedera, instrumento de placer y motivo de dolor, sin la cual ninguna noción de espíritu podría manifestarse: la carne.

(*1998*)

MEDITACIONES EN TORNO A UN PÓSTER

Los autores británicos de operetas de éxito no se equivocaron al darle al Che un papel secundario en *Evita;* el suyo es un "cameo" ideológico, que no transgrede los límites aconsejados por un seguro instinto del *show business*. No en vano esos autores habían hecho fortuna con *Jesus Christ Superstar:* sabían que el personaje Evita posee *star quality* para las masas y el personaje Che sólo para esas minorías cuya estima adorna, pero no cuenta para mantener un espectáculo durante más de una década, hasta que su versión cinematográfica finalmente lo entierre.

Sin embargo, el póster ha reaparecido en todas sus manifestaciones. Según la sensibilidad de quien lo mire, allí está la sonrisa noble o "compradora", el cigarro petulante o viril, los parches de barba recuperados por la moda, sobre todo la mirada siempre fija en el horizonte lejano de la utopía, más allá de las contradicciones pragmáticas, de las vidas de los individuos que deben realizarla. Y, también, la imagen del líder muerto: la imagen crística, infalible puesta en escena de la CIA y sus acólitos bolivianos, satisfechos de la victoria de un día, acuñando un ícono para décadas...

Sí, el póster ha sobrevivido a los sacudones ideológicos y políticos que impugnaron todos los errores tácticcos, estratégicos o meramente humanos del individuo. Impermeable a los hechos, como el místico o el autista, el póster se mantiene fiel a la fe en una redención siempre futura y no se deja inmutar por la realidad, por ejemplo, el hecho de que su modelo fuera entregado a sus verdugos por el mismo pueblo que pretendía redimir.

Ajeno a la historia, encarnación de una pura esencia revolucionaria, todo parece enaltecerlo. En primer término, la tácita distancia tomada con Castro, en años en que el régimen, explotando para su prestigio el bloqueo norteamericano (que no le impedía seguir comerciando por medio de Canadá o de España, donde Franco siempre sintió simpatía por ese heredero de la hispanidad), dejaba a la difunta Unión Soviética imponer su huella, no menos siniestra en la isla que en el este de Europa, pero allí pagada con un millón de dólares diarios, luego dos. Eran tiempos en que el país, condenado al monocultivo, se concentraba en la caña de azúcar e importaba fruta fresca de Bulgaria; en que, pasado el primer momento de euforia libertaria, se pretendía destruir el prodigioso sincretismo cultural cubano, considerado un residuo oscurantista, para reemplazarlo por el materialismo dialéctico.

Enviado a hacer la revolución bajo otros cielos, de modo que su aureola no ensombreciera la *real-politik* de Castro, el profeta clamaba por "cien Vietnam, mil Vietnam" que se encendieran en América latina para expulsar al imperialismo norteamericano y reconquistar una edad de oro bajo signo marxista-leninista. Treinta años más tarde, cuando el capitalismo domina el planeta y Cuba es apenas un museo al aire libre del comunismo, que sólo atina a aferrarse al salvavidas del turismo, ese llamado resuena con toda la patética soberbia de quienes deciden encarnar el "sentido de la historia", ese voluble, amnésico ídolo hegeliano.

Detrás del *slogan,* alentándolo, latía el espejismo más tenaz de la Edad Contemporánea (1789-1989): la creación de un "hombre nuevo". Robespierre y Saint-Just lo vieron emerger, puro, como de una placenta nutritiva, del baño de sangre en que el terror sumergiría a la sociedad. Pocos años más tarde, Mary Shelley, mujer y socialista, imaginó un destino negativo para la criatura del doctor Frankenstein. La expresión iba a conocer una genealogía prolongada: Lenin, Mussolini, Pétain y Pol-Pot le rindieron tributo. La fruición de decidir quién merece vivir (quién vale la pena que viva) y quién debe desaparecer para permitir la aurora de los tiempos nuevos no es ajena a la seducción del concepto. Guillotina o paredón, meros esbozos de la hecatombe cambodiana, demuestran la pulsión exterminadora de los intelectuales que se arriman al poder. Ilustran, también, cierto señoritismo, redivivo bajo el ideal revolucionario, propio de quienes sólo se conciben en el proscenio de la historia. Diría, adaptando a un contexto argentino una observación de Pasolini sobre las Brigadas Rojas, que entre el cabo de policía, "cabecita negra" baleado al pasar por un grupo armado, y el militante cuya familia obtiene su liberación de la ESMA y le paga el pasaje de ida a Madrid, no dudo un instante a cuál dar mi simpatía.

Porque, en ese contexto, Ernesto Guevara también encarnó la posibilidad de un reciclaje imaginario para la clase alta argentina, profundamente minada por el peronismo y gradualmente expulsada del escenario político y del poder económico por la oligarquía financiera que hoy gobierna el planeta. Las carreras de modelo o de automovilista de Fórmula 1 no podían satisfacer las aspiraciones de todos sus vástagos y fue así como una cantidad nada desdeñable de ellos pasó a incrementar las huestes montoneras, inspirados por la simbiosis ideológica que a fines de los años sesenta permitió los esponsales de Tacuara con un maoísmo folklórico. El padre Mujica no fue el único eclesiástico en bendecir esas nupcias.

El viaje iniciático que en su juventud reveló a Ernesto Guevara la miseria social del continente evoca menos el camino de Damasco que transformó a Saulo en Pablo que el itinerario de Sidarta Gautama hasta ser Buda. Criatura de mitad del siglo XX, no halló en su camino otra revelación que la del marxismo-leninismo. En sus imágenes públicas, soñando en un balcón de Buenos Aires antes del viaje decisivo, o maquillado por los servicios secretos cubanos antes de partir en misión hacia África, se percibe un eco de entusiasmo adolescente, del sueño de vivir las aventuras leídas.

Sí, el póster ha reaparecido entre las computadoras, los teléfonos celulares y los *fax,* el *e-mail* y toda la panoplia de la comunicación propia de la sociedad que el Che luchó por impedir. Ninguno de los jóvenes que fija con chinches ese póster a la pared de su cuarto sueña con una cultura dirigida, con una economía basada en el trueque, con una sociedad donde el pasaporte sea un privilegio otorgado discrecionalmente por el poder político y la libre circulación de las ideas implique riesgo de cárcel. Ignoran, sin duda, que la única revolución

74

hecha por obreros fue una rebelión anticomunista, y que en 1980 los miembros del sindicato Solidaridad que ocupaban los astilleros Lenin en Danzig pidieron en primer lugar un sacerdote e improvisaron un confesionario en medio del patio.

Sin embargo, en la pocilga de *shoppings,* narcotráfico, justicia manipulada y cirugía plástica que la televisión impone a los jóvenes argentinos como la imagen de la "realidad" obscena en que viven, el *póster* les propone un destino heroico, lejano, sin riesgo de repetirse: un pretexto para la ensoñación consoladora. Es una ensoñación "virtual", como las imágenes que pueblan el nuevo imperio digital. Nadie querría renunciar a su parcela, por más mísera, de libertad individual, pero muchos atesoran esa arcadia siempre abierta, ese limbo donde la Historia luce su mayúscula y rehúsa mirar sus mil y una lamentables minúsculas.

Si el póster aún puede conmovernos un instante es porque nunca conoceremos a Ernesto Guevara, como no podemos conocer a ningún individuo en lo que tiene de inalienable: ni como apóstol de un espejismo ni como niño mimado ávido de riesgo, cuyo ejemplo arrastró a más de una generación a la derrota, a la tortura y la muerte.

El comunismo predecía la inevitable derrota del capitalismo. A menos de una década de su triunfo planetario, el capitalismo parece hoy concretamente amenazado por ese mismo triunfo: desocupación masiva, destrucción de la trama social, guerras tribales, proliferación de mafias locales. Mientras la izquierda sigue soñando con los ojos cerrados, politólogos como Carl Schmitt conquistan a un público póstumo que habría sido impensable hace pocos años.

Pero nada de esto puede inquietar al póster, definitivamente instalado en ese limbo inexpugnable que comparte con el mudo que cada día canta mejor y la abanderada de los descamisados. Es imposible no recordar, una vez más, la escena final del *Galileo* de Brecht. Al "Pobre país el que no tiene héroes", Galileo responde: "Pobre país el que necesita héroes".

(1997)

EL VIOLÍN DE ROTHSCHILD

La ficción surge a menudo como una interrogación a los hechos.

Al *"only connect"* de Forster, agregaría un *never stop questioning* mío: al intentar descubrir lazos, una continuidad, lógica o no, una trama —palabra decisiva—, se va accediendo a la narración.

En sus huecos, en sus fisuras y defectos de ilación se insinúa (como la hierba mala o la huella de lo no dicho) un trabajo minucioso o exaltado: el de lo imaginario sobre los datos de la realidad. Es a ese trabajo que llamo ficción.

Los hechos, por lo tanto, en primer término.

Fechas, nombres, lugares

Todo empezó con Chéjov. Su cuento "El violín de Rothschild" apareció en febrero de 1894 en la revista *Cuentos Rusos* y en diciembre del mismo año en el volumen *Cuentos y relatos*. Es, por lo tanto, contemporáneo de obras tan diferentes como "El monje negro", publicado en enero de 1894, y *La isla Sajalin,* publicada en varios números de *El Pensamiento Ruso* a fines de 1893 y principios de 1894. Son meses fecundos para el narrador, instalado desde febrero de 1892 en su propiedad de Melijovo, distrito de Serpujov, al sur de Moscú.

Aunque a pocos meses de su llegada, en una carta a Suvorín del 8 de diciembre de 1892, se haya quejado de la ola incesante de intelectuales que hacen un alto en la ruta de Kachira para visitarlo, esto no le impide escribir varias horas por día.

En relación con "El violín de Rothschild" es interesante citar otra carta a Suvorín: "Los escritores que llamamos eternos tienen un rasgo común... Además de la vida tal cual es, en ellos sentimos la vida como debería ser..." (25 de noviembre de 1892). Esta tensión, casi insoportable, entre la vida tal cual es y como debería ser, que Chéjov nunca querrá presentar en tono didáctico o moralizante, emparienta "El violín de Rothschild" con las obras mayores, tanto narrativas como dramáticas, del autor. Sin embargo, a pesar de los elogios de la crítica en su momento, el relato quedó un poco olvidado dentro de esa abundante producción; nunca fue, como "La cigarra", "La dama del perrito" o "El duelo", una elección obligatoria de las antologías.

Luego vino Shostakovitch. Gran lector y admirador de Chéjov, el compositor lamentaba al final de su vida nunca haber compuesto una ópera sobre un cuento suyo; se consolaba con el hecho de haber aconsejado a su alumno Benjamín Fleischmann elegir "El violín de Rothschild" como tema de su primera composición. En sus conversaciones con Solomon Volkov, Shostakovitch revela que su sinfonía N° 15 está inspirada por motivos de "El monje negro". Agrega: "Para Chéjov, todos los hombres eran iguales. Los pintaba, y era el lector quien debía distinguir lo que estaba bien de lo que estaba mal... Siempre quedo sacudido cuando releo 'El violín de Rothschild'. ¿Quién tiene razón, quién se equivoca en esta historia? ¿Quién tiene la culpa si la vida no es más que una serie de fracasos?"

Fleischmann, luego. Nacido en Beyetsk, región de Tver, no lejos de Moscú, este joven tímido era hijo de una familia de artesanos judíos donde todos tocaban algún instrumento o cantaban. Para "llegar a fin de mes", la familia solía tocar en los casamientos, en los entierros, en toda fiesta del pueblo, judía o no. En ese medio, la revolución rusa fue recibida como una promesa de libertad e igualdad, sobre todo de acceder a la educación superior. (En tiempos de los zares, aun las universidades que admitían estudiantes judíos practicaban una política de *numerus clausus*.) Como muchos de sus amigos, Fleischmann empezó a trabajar en una granja colectiva, cuyos miembros admiraban tanto su talento musical y su amor por el violín que decidieron unánimemente enviarlo a estudiar música a Leningrado. Allí se inscribió en las clases de composición de M. A. Yudín, en la escuela Mussorgsky; alumno brillante, en 1937 pudo ingresar en el Conservatorio de la ciudad, donde el joven profesor Dimitri Shostakovitch era la personalidad dominante.

El compositor se había refugiado en la enseñanza tras los ataques a la ópera *Lady Macbeth del distrito de Mtsensk,* su opus 29, estrenada en enero de 1934, cuando sólo tenía veintiocho años. Casi doscientas representaciones más tarde, el 28 de enero de 1936, *Pravda,* órgano oficial del Partido Comunista, denunció en un artículo anónimo esa "música neurótica, que halaga el gusto pervertido de una burguesía cosmopolita". En medio del "gran terror" que sobreviene entre 1937 y 1938, Shostakovitch estrena su sinfonía n° 5, op. 47, que es aclamada por el público, y el cuarteto para cuerdas n° 1, op. 49.

En 1939, escritores como Babel y Mandelstam "desaparecen" tras ser arrestados por la policía secreta. Shostakovitch trabaja en la reorquestación del *Boris Godunov* de Mussorgsky y se consagra a sus alumnos: entre ellos, Yuri Levitin, Orestes Evlajov, Gueorgui Sviridov y el joven Fleischmann, a quien el Conservatorio ha concedido, en razón de su indigencia, un cuarto donde puede vivir con su mujer y una hija recién nacida. El talento del alumno impresiona al profesor, quien sólo le reprocha su lentitud. En ese mismo año de 1939, le sugiere que se lance a componer una ópera a partir de "El violín de Rothschild".

El quince de agosto, el Tercer Reich y la Unión Soviética firman un pacto de no-agresión; quince días más tarde, el ejército alemán invade Polonia y, dos semanas más tarde, las tropas rusas ocupan el Este del país, realizando así su división *de facto*. Durante 1940 la Unión Soviética ocupa los tres países bálticos y Alemania invade buena parte de Europa. Leningrado vive en una paz tensa, a la sombra del terror staliniano: Vsevolod Meyerhold, célebre innovador teatral, amigo de Shostakovitch que colaboró frecuentemente con él, también "desaparece".

En mayo de 1941, en los exámenes de primavera del Conservatorio, Fleischmann obtiene las notas más altas. Shostakovitch propone que se lo admita en la Unión de Compositores: esto significaría para el joven, que aun no ha terminado la partitura para piano de *El violín de Rothschild,* el reconocimiento oficial de su condición de compositor, la posibilidad de que le encarguen música de ocasión y, ante todo, el fin de la precariedad económica.

En el mes de junio, Hitler rompe el "pacto de no-agresión" y el ejército de la Wehrmacht entra en territorio ruso. La guerra separa los destinos de maestro y alumno. En julio de 1941, Fleischmann se enrola en las brigadas populares para la defensa de Leningrado, a pesar de que como estudiante de último año y padre de una criatura hubiese podido evitar la movilización general. Shostakovitch, que había participado en la defensa civil de la ciudad, es evacuado, como otras personalidades importantes. Le asignan, con toda su familia, residencia lejos del peligro, a orillas del Volga, en la antigua Samara rebautizada Kuibychev pocos años antes. Allí termina su sinfonía n° 7, cuyo fervor patriótico lo "rehabilita" ante el poder. Stalin envía la partitura a los Estados Unidos, aliados circunstanciales de la Unión Soviética, donde Toscanini la dirige para su estreno. En 1942, en una tapa de la revista *Time,* aparece Shostakovitch con casco de bombero.

Mientras tanto, en julio de 1941, Fleischmann y dos de sus compañeros del Conservatorio reciben la orden de defender la ruta de Krasnoie Sielo (hoy bautizado Chéjov...), no lejos de Leningrado. Los tres amigos, mal equipados, rodeados por el enemigo y conminados a rendirse, se lanzan con sus últimas granadas contra un tanque alemán. El episodio, conocido sólo una vez terminado el bloqueo de Leningrado —que duró del 8 de setiembre de 1941 al 21 de enero de 1944—, ocurrió el 16 de setiembre de 1941.

En la lejana Kuibychev, Shostakovitch no tiene noticias de su alumno. Teme lo peor y pide a un amigo, enviado con un salvoconducto a la ciudad sitiada, que intente recuperar la partitura de *El violín de Rothschild,* si es que no ha ardido en uno de los frecuentes bombardeos que sufre Leningrado. Meses más tarde la recibe: antes de partir al frente, Fleischmann la había depositado en la Unión de Compositores. Durante los largos meses de exilio, Shostakovitch se dedica a completar y orquestar el trabajo de su alumno. Pone punto final a su trabajo el 5 de febrero de 1944.

La inmediata posguerra permite un relajamiento de la censura cultural en la Unión Soviética, pero a partir de 1947 el inicio de la "guerra fría" provoca un retorno a la rigidez y a los "procesos" de una década atrás. En 1948, la creación del estado de Israel incita a muchos judíos soviéticos a pedir permiso para emigrar; es el pretexto para que Stalin orqueste una campaña feroz, que bajo el rótulo del antisionismo ofrece un cauce nuevo al más tradicional antisemitismo ruso. El comité judío antifascista, creado en 1941 con el beneplácito del poder, es disuelto; salvo Ilya Ehrenburg, sus miembros mueren en "accidentes" (como Salomón Mikoels, director del Teatro Idisch de Moscú) si no de un infarto, como el cineasta Serguei Eisenstein.

Durante esos años Shostakovitch intenta reiteradamente hacer representar la ópera de su alumno. El hecho de que Fleischmann haya muerto "por la patria", y de que haya trabajado sobre un cuento de Chéjov, no bastan: la evocación afectuosa del mundo de *shtetl,* asentamiento rural mayoritariamente judío, de los que hubo miles en el este de Europa hasta la Primera Guerra Mundial, resulta inaceptable para la política del momento. *El violín de Rothschild* se estrenará en Leningrado sólo en 1968, en el Estudio de Ópera de Cámara que dirige Solomon Volkov, joven musicólogo e historiador cuyas entrevistas con Shostakovitch, publicadas fuera de la Unión Soviética poco antes de la muerte del compositor, iban a provocar escándalo y controversias. Tras la primera noche, las autoridades culturales "recomiendan" no volver a representar la ópera.

Preguntas, hipótesis, ficción

¿Puede imaginarse cierto sentimiento de culpabilidad en un gran compositor, no judío, que se deja proteger por un poder que íntimamente desprecia, mientras su oscuro alumno judío muere defendiendo la ciudad que, para ambos, tal vez sea la única patria?

En la partitura de *El violín de Rothschild* que nos ha llegado ¿cuánto hay de Fleischmann, cuánto de Shostakovitch? La música suena a menudo como la de Shostakovitch, pero ¿puede un joven estudiante, trabajando con un profesor de fuerte personalidad, evitar que ésta deje huellas en su primera composición?

Shostakovitch, por su parte ¿acaso no sostuvo siempre que la orquestación no es una capa de pintura que se aplica sobre un edificio terminado sino una parte integrante, esencial, de la composición? Sus orquestaciones de Mussorgsky, comparadas con las de Rimsky Korsakoff, son un ejemplo elocuente.

1948 no es solamente el año en que Stalin lanza su

campaña antisemita. En esa fecha Shostakovitch completa su ciclo vocal *De la poesía popular judía,* op. 79, que sólo podrá ser interpretado en público en 1955, dos años después de la muerte del líder. Entre 1947 y 1948 también compone su op. 77, el primer concierto para violín; en 1949, el cuarteto para cuerdas n° 4, op. 83. Estas composiciones tampoco serán estrenadas en vida del "padrecito de los pueblos". ¿Qué tienen en común? La presencia de motivos de música *idisch,* de la tradición musical judía de Europa oriental... En los años 20, Shostakovitch había participado en una puesta en escena de Meyerhold, como músico de un conjunto *klezmer;* éste había sido su único contacto público con esa música que declaraba admirar tanto como la gitana y era, como ésta, totalmente ajena a sus raíces y a su formación.

¿Puede pensarse que el trabajo sobre la partitura inconclusa de Fleischmann renovó esa admiración? ¿Que el resurgimiento de los viejos demonios del racismo, que había supuesto vencidos en 1945 con la derrota del Tercer Reich, lo impulsó a hacer suya la voz de otros, a enlazarla en la trama de su música como una hebra de color diferente, que la enriquecería? Esa presencia, más que influencia, iba a alcanzar su punto más sensible en 1962, cuando la sinfonía n° 13 para voces y orquesta, *Babi Yar,* sobre textos de Yevtushenko, suscitó polémicas y censuras que culminaron con la supresión de una estrofa sobre los judíos muertos durante la guerra en los campos ucranianos.

Las hipótesis, finalmente. La literaria en clave jamesiana: la lección del alumno. La poético-metafísica: desde el más allá, el alumno retribuye al maestro, a quien debe la supervivencia de su nombre, transmitiéndole una tradición que le era ajena. La cristiana: no es posible dar sin, al mismo tiempo, aceptar, recibir.

El pase del testigo

Pienso no sólo en Chéjov, en Shostakovitch, en Fleischmann. Pienso también en el director de orquesta Guenadi Rodjestvenski, que tenía a su cargo la orquesta del Ministerio de la Cultura en los últimos años de la Unión Soviética y aprovechó el creciente descontrol de ese período para grabar *El violín de Rothschild*. El disco se agotó en pocas semanas. Ésa fue la versión que difundió, en un ciclo integral de la obra de Shostakovitch, la radio francesa una mañana de 1990. Yo nunca había oído el nombre de Fleischmann ni había leído el cuento de Chéjov; grabé la ópera por mera curiosidad. Al escucharla, sentí esa intuición particular que nos anuncia menos el descubrimiento de una obra importante que el hecho de abrir una puerta hacia algo aún no vislumbrado. Esa mezcla de presentimiento y emoción me incitó a buscar —primero en los libros, después a través de personas que, lejos de darme respuestas, me abrían puertas hacia dominios cada vez más insospechados— todo lo posible sobre Fleischmann, sobre su ópera, sobre la intervención de Shostakovitch en ella.

En francés, la palabra "testigo" (*témoin*) también designa al objeto cilíndrico, metálico, que se van pasando los corredores en esas competencias donde cada uno debe recorrer sólo parte del trayecto; en el límite, lo espera el corredor que para poder continuar recibe ese "testigo" de manos de quien ya cumplió el tramo que le estaba asignado. De allí la expresión "pasar el testigo" (*passage du témoin*).

En cierto momento creí entender que el tema real de mi busca eran los inciertos, a menudo invisibles caminos de la transmisión; que tal vez el maestro había recibido de su alumno muerto más aún de lo que le había dado. Fue entonces cuando supe que quería hacer un film alrededor de la ópera y su historia, un film que a través de lo sabido y lo documentado se acercara en puntas de pie a lo no dicho, a esa entraña, tácita o desconocida, lo único que importa en las relaciones humanas.

El 13 de agosto de 1996 vi ese filme en la enorme pantalla de la Piazza Grande de Locarno y lo escuché por los catorce altoparlantes que la rodeaban. Esa noche supe que había "pasado el testigo". A quién no sé, tal vez a muchos, tal vez a una sola persona, pero en ningún momento he puesto en duda que la cadena no se ha interrumpido.

(1996)

ENCUENTROS

ERNST JÜNGER

Hay un escritor del siglo XX cuyo diario de la Segunda Guerra Mundial incluye fragmentos como éstos:

"París, 6 de marzo de 1942.
"Velada en el hotel Raphaël. Me encontré con Weinstock y Grüninger. Éste abundaba en 'caprichos' traídos del frente del Este. Tal vez algún día surja para estos desastres un nuevo Goya, capaz de descender hasta el negro absoluto. Por los caminos por donde pasan los convoyes se ven cadáveres sobre los que han rodado miles de tanques, hasta aplastarlos como hojas de papel; se pasa sobre ellos como sobre pruebas fotográficas, o como sobre siluetas que viéramos reveladas sobre el hielo espeso y liso de la ruta."

"París, 7 de junio de 1942.
"A mediodía en Maxim's, donde estaba invitado por Paul Morand. Hablamos entre otras cosas de novelas norteamericanas e inglesas, en particular de *Moby Dick* y *Ciclón en Jamaica*... Luego, de Barba Azul y de Landrú, que antaño, en un suburbio de París, mató a diecisiete mujeres. Al salir, en la *rue* Royale, me encontré por primera vez en mi vida ante la estrella amarilla, llevada por tres chicas que pasaron a mi lado te-

niéndose del brazo. Estas insignias fueron distribui-
das ayer. Los que las recibían debían dar en pago un
cupón de su tarjeta de racionamiento textil. Durante
la tarde volví a ver la estrella, mucho más a menudo.
Considero que ésta es una fecha que marca profundamente, aun en la historia personal. Un espectáculo
semejante no deja de provocar una reacción; así fue
como me sentí inmediatamente molesto de estar en
uniforme."

"París, 16 de noviembre de 1943.
"Velada en el Instituto Alemán. Estaban el escultor
Breker y su mujer. [...] Luego llegaron los simpáticos
Abel Bonnard y Drieu La Rochelle, con el que inter-
cambié disparos en 1915. Más tarde, escritorzuelos a
sueldo, gentuza que uno no querría tocar con pinzas.
Todo ese mundo vive en una mezcla de intereses, odio,
miedo, y algunos ya lucen en la frente el estigma de
muertes horribles."

Creo que los *Diarios parisienses* de Ernst Jünger son
una de las obras capitales del siglo. Lo pienso aunque
las ficciones alegóricas, las meditaciones filosóficas y
los ensayos solipsistas del autor no me cautivan. Pero
en estos diarios de prosa límpida, precisa, sin exacción
sentimental, la reflexión histórica y el chisme, el horror y la banalidad entablan un diálogo inédito, que
me parece iluminar como por primera vez un territorio
inexplorado, y sin embargo muy compartido, de la experiencia común.
He aquí a un hombre de cultura (a quien muchos de
nosotros, a pesar de las dosis masivas de escepticismo

que el curso de la segunda mitad del siglo nos ha inoculado, persistimos en considerar) que se halla del lado malo de la historia; alguien que no es nazi pero que, por un sentimiento de lealtad a un ejército donde veinticinco años antes vivió sus primeras y embriagadoras aventuras, lleva el uniforme de la Wehrmacht y se deja enviar como parte de las fuerzas de ocupación a un país que admira, cuya cultura comparte; alguien que casi en mitad del siglo XX se convence de que códigos de honor y caballerosidad aún sobreviven en el umbral de la guerra tecnológica; alguien que prefiere no discernir hasta qué punto defiende el honor de su patria al no abandonar ese uniforme y hasta dónde acepta la solución más cómoda. La mentira íntima del hombre de cultura, que cree rescatar una parcela de independencia personal, ¿es acaso menos mezquina que la mentira grosera, colectiva, de la propaganda?

No hay mérito en ser antinazi cuando se es judío: en ello se juega la vida. ¿Hasta dónde no hemos vivido todos la fiesta, las vacaciones, la aventura sentimental en medio de un régimen cruento que, sin embargo, no ponía en peligro nuestra supervivencia personal? Esta experiencia que los argentinos conocemos tan bien, aunque tantos prefieren olvidarla, no tiene en la literatura mayor ni mejor cronista que Jünger.

Sus *Diarios parisienses* no son un descenso al horror de la tortura, los bombardeos, los campos de exterminio, sino al de la vida cotidiana que persiste en su frivolidad. La vocación aristocratizante del autor, su sentimiento apocalíptico de la historia, no solicitan ni suscitan la simpatía del lector. Su mirada de entomólogo y botanista estudia los matices de la conducta hu-

mana como los de una especie con la que sólo comparti-
ría algunos, no demasiados, rasgos comunes. A medida
que, en su aceleración irreversible, a fin de siglo deva-
lúa las posturas histriónicas de tanto escritor "com-
prometido", de tanto firmante de solicitadas por los
bien pensantes de turno, la minuciosa disección a la
que Jünger somete la época en que le ha tocado vivir y
las situaciones a las que se ha dejado arrastrar ad-
quieren una dimensión cada vez más elocuente: son
una advertencia de que la prosa más lúcida y la conciencia más analítica no protegen necesariamente de
la complicidad con el Mal.

Leer hoy los *Diarios parisienses* es, además, una
comprobación de las vetas que estaban menos visibles
en la trama del siglo. Ante los bombardeos que en 1944
destruyen las ciudades alemanas, Jünger siente que
sólo importa salvar algunos nidos del pasado, antes
que sobre sus ruinas se construyan "sucursales de
Chicago". Ante los centenares de miles de trabajadores
que exige el Tercer Reich a los países ocupados, se pre-
gunta sobre el riesgo de catástrofe que implica esa mi-
gración masiva de mano de obra desarraigada.

Lejos, en la Europa que conoció el "milagro económico" y también su evaporación, que hoy ante la desocupación masiva asiste al resurgimiento de la xenofobia
y del racismo, es inevitable preguntarse una vez más
si el viejo sueño de una Europa unida, que desde Fede-
rico von Hohenstauffen hasta Napoleón Bonaparte y
Adolf Hitler conoció todas las etapas entre la vocación
imperial y la bufonada sangrienta, no triunfa hoy porque se impone con las armas de la economía y no con
las de los ejércitos. Algo de esto sabemos en la Argenti-

na, donde el proyecto neoliberal fue ensayado tímidamente durante el Proceso y sólo arraigó, cualesquiera sean sus consecuencias a largo plazo, con la democracia... Por algo Jünger fue escuchado con renovada atención por esa disidencia alemana de los años 70 que eligió el terrorismo como única salida ante la sociedad de consumo.

El escritor que ha muerto, tras más de un siglo de vida, en la residencia de guardabosque que le cedieron después de la Segunda Guerra Mundial los condes von Stauffenberg (uno de los miembros de esa estirpe lideró el atentado contra Hitler del 20 de julio de 1944) ya no esperaba del mundo más que la posibilidad de releer a sus autores preferidos, de meditar sobre sus colecciones de fósiles e insectos, de pasear todas las mañanas por su jardín. Es posible que pocos lectores posean la dosis necesaria de ascetismo y desesperanza como para tenerlo entre sus autores preferidos. Sus *Diarios parisienses,* sin embargo, son uno de los desafíos mayores, de los textos más exigentes que nos puede legar este siglo que agoniza. Como Baudelaire, su autor tiende un espejo no solicitado al lector, mientras susurra: *"Hypocrite lecteur, mon semblable, mon frère".*

(1998)

ROLAND BARTHES

"En realidad hoy no existe ningún espacio lin-
güístico ajeno a la ideología burguesa: nuestro
lenguaje proviene de ella, vuelve a ella, en ella
queda encerrado. La única reacción posible no es
el desafío ni la destrucción sino, solamente, el
robo: fragmentar el antiguo texto de la cultura,
de la ciencia, de la literatura, y diseminar sus
rasgos según fórmulas irreconciliables, del mis-
mo modo en que se maquilla una mercadería ro-
bada."

(Sade, Fourier, Loyola)

No soy el único que al leer estas líneas cuando se
publicaron creyó que se le había concedido una epifa-
nía personal. El camino por el que avanzaba a oscuras,
la propia figura en ese paisaje incógnito: un relámpago
los hacía súbitamente visibles, sugería que aquellos
pasos titubeantes estaban componiendo un itinerario,
les proponía un sentido.

Vueltas a leer tras la muerte de Barthes me parecieron un autorretrato: ese escritor "en" ladrón que maquilla una mercadería robada también podría ser Borges o Benjamin, pero fundamentalmente es Barthes.

Pocos como él han trabajado menos con un tema o en una disciplina que a través de un movimiento: iluminando oblicuamente diversos aspectos del "antiguo texto de la cultura", poniendo de relieve sus perfiles menos familiares, extrapolando e interpolando, confiriendo a ese proceso tan desafiantemente ajeno a los hábitos reconocidos del pensamiento francés una sistematización final (tan ficticia en su lógica como caprichosa en su transparencia) que produce un "efecto de pensamiento francés", seductor y minucioso como un *trompe l'oeil.*

Del mismo modo, su vocabulario opera con deslizamientos de sentido donde el arcaísmo, una etimología olvidada o el engañoso sinónimo, inoculan la duda, producen un efecto de capas superpuestas que, lejos de encubrirse, proponen una simultaneidad de sentidos, plurales, virtuales. La sintaxis, en cambio (esa instancia definitoria del idioma francés, por donde pasan todos los matices que, por ejemplo, en el inglés estarían confiados al vocabulario) ordena aquellas posibilidades suspendidas, les otorga función y lugar en una ceremonia donde la elegancia rige la puesta en escena.

Esa pasión por el otro, que Barthes reconoce en Stendhal porque la conoce en sí mismo, actuaba en él hasta el punto de hacer inmediatamente *otra cosa,* de traicionar la ley paterna del original que debe ser respetado, con cuanta idea y texto incorporaba a su discurso.

La "musa inexorable del bric-à-brac" (Borges sobre Sternberg) siempre tuvo en París una hermana no menos severa: la de la moda, modelo de todo mercado cultural. En la década pasada, a medida que las actividades culturales tradicionales veían desgastarse su prestigio y el puro éxito contable, investido de inédito glamour, avanzó al proscenio, la comedia intelectual francesa se hizo farsa, la *haute culture* dejó paso al *prêt-à-penser*. Que se trate de "economía pulsional" o de "prácticas significantes", las ideas (o su expresión más ascética: los rótulos) han realizado su destino parisién de contraseña y distintivo: menos agotadas como bienes de consumo, que como fugaces signos de casta, desechados en la medida misma de su aceptación.

Era el privilegio y el riesgo de Barthes, sobre todo en sus últimos diez años, estar en la cresta de una ola que de la École Pratique d'Hautes Études se había derramado hasta *Le Monde* y la no menos cotidiana mundanidad. Se dirá: ya los textos de *Mythologies* habían aparecido originalmente en *L'Express*. Pero entre el desenmascaramiento de las imágenes públicas de una sociedad (actividad optimista, si las hay) y la confesión de que China Popular le había parecido desabrida (*fade*), o el descubrimiento entusiasta de la discoteca Le Palace (gestos de escepticismo que difundió *Le Monde*), transcurrió un comercio variable con Brecht y Marx, con el estructuralismo y la semiología, con la sistematización del placer y del gozo, con el descubrimiento final de las emociones.

De cada disciplina asediada Barthes liberaba elementos que inmediatamente incorporaba en un sistema propio: sin perder sus señas de identidad originales, allí establecían relaciones espléndidamente anómalas, brotaban en diseños imprevisibles. La pasión por sistematizar convivía en Barthes con una gozosa perversidad en la elección de los objetos que compondrían el sistema.

Mientras a su alrededor, con los residuos de su trabajo, la pureza académica o el oportunismo escriptural edificaban incesantes y fugaces tramas verbales, Barthes se divertía con estos halagos que para él no diferían demasiado de las ocasiones de la vida social, jueves en el Café de Flore o cenas de Le Sept, a las que solía prestarse. De este modo, su movimiento anticipaba e invalidaba simultáneamente las estrategias de la moda que, acechándolo, lo divulgaba sin atraparlo.

Consulté ocasionalmente a Barthes para un trabajo sobre el chisme.* "¿Por qué no lo amplía? Con menos en Francia se borda hasta hacer una tesis" decía, sonriendo ante mi invencible pereza como ante mi francés agreste, que le hacía gracia por el contubernio de vocablos librescos con injertos del habla popular. Cuando apareció *Barthes par lui-même*, me sorprendió y emocionó la imagen de su madre, una vieja fotografía fuera de foco, que abre el volumen. Sentí que era en cierta manera un manifiesto, una divisa. Nunca se lo dije, pero más tarde hube de mostrarle una foto de mis padres, tomada en la vieja rambla de Mar del Plata, donde la preñez de mi madre es discernible. "Mi primera foto" le dije; entendió inmediatamente y añadió: "Para abrir Cozarinsky *par lui-même...*"

* "El relato indefendible". En *Espiral*, nº 3, Madrid, Fundamentos, 1977.

98

Creo que en ese libro "menor" y emotivo Barthes se entregó por primera vez a las emociones, sin renunciar a su pasión clasificadora. Como el fanático de la ópera, espontáneamente, dirá sus sentimientos más sinceros con versos de Da Ponte o de Boito, en *Barthes par lui-même* y *Fragments d'un discours amoureux* la forma —ya ensayada en *S/Z*— del catálogo, que mantiene en suspenso la idea de un todo que ordena y el gozo ante el fragmento que particulariza, revela más que enmascara las penas de corazón de un hombre enamorado: *Liebesleidlieder*.

¿Qué habría podido escribir Barthes, una vez muerta su madre? Pienso que las emociones lo sacudieron como una visión cegadora, que en ellas puede haber tocado un límite personal, que le imponía el silencio o un punto de partida nuevo. El título mismo del texto póstumo sobre Stendhal declara esa "afasia", pero sus últimos párrafos señalan un remedio: el retorno al mito, a la narración, al paradigma que cierta noción de modernidad había relegado. ¿Barthes novelista? Durante el último año de su vida se habló de una novela *in progress* pero parece que no hay trazas de ella. Tal vez se trate de una mera hipótesis. Pero la designación final de la mentira como instancia de la ficción será, después de Nietzsche y de Karl Kraus, una de las intuiciones más fecundas sobre la naturaleza, no menos difamada que la del chisme, de ese "desvío de la verdad", ese múltiple "como si" con que el hombre ha podido conjurar el principio de identidad que siempre ha procurado someterlo.

(*1980*)

LUGONES, DEFENSOR DE LOS JUDÍOS

Entre otros libros que fueron de mi padre he encontrado un delgado volumen editado por la DAIA en 1936: *Los Protocolos de los Sabios de Sión: la mentira más grande de la Historia*. Su autor es el periodista berlinés Benjamin W. Segel. El prólogo es, inesperadamente, de Leopoldo Lugones.

El libro de Segel expone las fuentes y resume los avatares de una superchería que conoció una larga, sórdida, sangrienta historia. A partir de un panfleto francés del siglo pasado, del delirio solitario de un monje ruso, de las intrigas urdidas por la policía zarista, se fue forjando un supuesto documento del complot judío para dominar el mundo. En un siglo de existencia, ese fraude conoció traducciones y reediciones, al servicio de regímenes muy variados pero igualmente necesitados de apelar al cuco del antisemitismo. (Iba a pretextar, también, un texto literario admirable, lírico y elegíaco: el relato final de *Enciclopedia de muertos*, de Danilo Kis.)

Es el prólogo de Lugones lo que hoy suscita la curiosidad. Vale la pena exhumarlo en la Argentina de este fin de siglo, tan versada en impunidad para atentados y profanaciones antisemitas. Se trata de un texto de circunstancias, sí, pero que hace desear la publicación de un volumen de "textos cautivos" de su autor, como la ha habido para Borges. Es, además, un aporte valioso para entender la complejidad del personaje Lugones. De *Acción* hasta *El estado equitativo*, el autor se acercó gradualmente, inexorablemente, al fascismo, ideología cuyas raíces socialistas compartía; para una mirada simplificadora, reduccionista, esa trayectoria supondría un acercamiento simultáneo al antisemitismo. Estas páginas ignoradas podrán corregir esa falacia retrospectiva.

Desconozco las circunstancias en que el prólogo fue redactado. El libro lo presenta como escrito a pedido de los editores. Se me ocurre que Alberto Gerchunoff puede haber sido el contacto entre Lugones y la DAIA. La amistad entre ambos escritores había surgido en torno a *La Nación:* durante la Primera Guerra Mundial habían liderado la campaña para liberar a Roberto Payró, cuyos artículos desde Bruselas denunciaron con tanta crudeza las violencias de la invasión alemana que las autoridades de ocupación lo habían hecho prisionero y trasladado a Berlín. El carácter de mensaje amistoso de estos párrafos, redactados al correr de la pluma, es revelador: los argumentos expuestos no parecen elucubrados para la ocasión sino haber estado presentes en la opinión de Lugones. Al señalar lo grotesco de suponer que una organización secreta ponga por escrito sus designios y su estrategia, anticipa el tono socarrón de un filosemita notorio como Borges. (Recuerdo cómo se burlaba, a fines de la década del 50, de la difunta Alianza Libertadora Nacionalista; cito de memoria: "Qué suerte que la defensa del ser nacional esté en manos de tantos croatas, lituanos y rumanos, con foja de servicios tan nutrida durante la guerra...")

Más importante es la serena declaración final de Lugones, de que por ser católico no podría ser antisemita. Para evaluar justamente esta afirmación, que hoy no parece polémica, es necesario situarla en su contexto. El texto es de 1936, es decir, contemporáneo del inicio de la Guerra Civil Española, que empujó a la mayoría de los católicos argentinos a apoyar a Franco, menos por simpatías fascistas que por escándalo ante el torpe anticlericalismo de los republicanos. En ese mismo año, un filósofo católico como Jacques Maritain, de visita en Buenos Aires, fue considerado como un peligroso subversivo por los representantes más conspicuos de la Iglesia argentina, tanto por su clara oposición a Franco como por estar casado con una judía rusa. Victoria Ocampo le abrió las páginas de *Sur* y monseñor Franceschi le cerró las de *Criterio*.

Franceschi, que puso distancias claras con las ideas racistas del nacional-socialismo alemán, no vacilaba en propugnar un antisemitismo nacional. (El paganismo, el anticristianismo militante del nazismo en su cuna, eran suficientemente virulentos como para relativizar su utilidad de aliado en la cruzada anticomunista.) En 1935, Franceschi pidió al Congreso que reformara las leyes de inmigración para impedir que la República perdiera su carácter, y en 1938 aplaudió las reformas que limitaban y dificultaban la entrada de refugiados del Tercer Reich, reformas denunciadas como anticonstitucionales por la Liga Argentina de Defensa de los Derechos del Hombre. Las discrepancias de monseñor Franceschi con el nacional-socialismo no le impidieron aceptar el subsidio de la embajada alemana para *Criterio*.

En 1936, también, Tomás Amadeo pronunció en el Jockey Club la conferencia que iba a publicarse con el título *Las razas.* El mismo año apareció *El judío,* del padre Menvielle. Nuestro Chesterton criollo, el padre Castellani, incluye entre los males que el liberalismo infligió a la Argentina la importación del problema judío. Poco antes, Gustavo Martínez Zuviría (Hugo Wast) agradeció, como director de la Biblioteca Nacional, la donación por la embajada alemana de una colección de volúmenes de propaganda nacional-socialista. La embajada, a su vez, adquirió cuarenta mil ejemplares de los dos primeros tomos de la trilogía antisemita de Martínez Zuviría (*Oro, El Kahal*) para distribuirlos en toda América hispana.

Se dirá: hechos marginales, figuras pintorescas, sin influencia en la vida pública argentina. Sin embargo, en 1943 iba a aparecer *La acción del pueblo judío en la Argentina,* del antropólogo Santiago M. Peralta, doctor en Filosofía y Letras de la Universidad de Buenos Aires, que pretendía aportar fundamentos "científicos" a los argumentos "teológicos" del padre Menvielle. El autor recomendaba excluir al judío por "inasimilable". En 1946, convertido en autoridad máxima de la Dirección de Migraciones, el doctor Peralta logró la creación de una Oficina Etnográfica para discriminar, según principios raciales, qué permisos de inmigración otorgar. En su breviario posterior, *La acción del pueblo árabe en la Argentina,* propiciaba acoger en gran número e inmigrantes árabes, cuyas raíces raciales les permitirían asimilarse al país gracias a la prolongada permanencia en Andalucía, cuna de conquistadores y colonizadores...

Aun al margen del intento de suscitar discordia entre ambas colectividades, el texto revela una indiferencia perfecta ante el hecho histórico de que fue precisamente en la Andalucía anterior a la caída de Granada donde cristianos, árabes y judíos habían convivido en un diálogo de culturas cuyo esplendor iba a destruir la Reconquista y a sepultar la Inquisición. Para terminar con el doctor Peralta, consigno que Perón, siempre sensible a la dirección del viento, lo despidió en junio de 1947, cuando el general, ya presidente, empezaba a distanciarse de los apoyos nacionalistas que había necesitado dos años antes.

Que en 1936 Lugones haya firmado este prólogo al que ningún compromiso lo obligaba es algo que lo honra. Dos años más tarde iba a suicidarse, asqueado por la encarnación histórica de ideas que le habían prometido recuperar una dignidad perdida: delicadeza de la que hoy parecen incapaces tantos intelectuales que han justificado masacres y censuras por obsecuencia a lo que habían aceptado como sentido de la Historia.

Transcribo a continuación el texto del libro en cuestión:

Antes de entregar a la imprenta la traducción castellana de Los Protocolos de los Sabios de Sión: la mentira más grande de la Historia, *le fue sometida a Lugones una copia de esa versión. Luego de leerla, el escritor envió al traductor las siguientes líneas:*

Me pide usted una opinión sobre el mérito de la obra de Benjamin Wolf Segel relativa a la apocrifidad de los llamados *Protocolos de los Sabios de Sión,* en las ediciones corrientes de estos últimos, y se la doy gustoso porque creo cumplir con ello un deber de escritor honrado que nunca debe eludirse cuando se trata de supercherías dañosas. Consentir una falsedad, no sólo complica en ella la conciencia, sino que afecta la dignidad intelectual bajo el concepto de un verdadero atentado. Quien se deja engañar a sabiendas, miente con mayor cobardía aún, porque ni siquiera se compromete.

Viniendo ahora al asunto mismo, creo que la prueba objetiva y lógica abunda hasta con exceso en la obra susodicha: con lo cual presta ella un servicio público digno de ayuda y difusión tan vasta como se pueda, y como desde luego lo merece todo cuanto tienda a desautorizar la propaganda antisemita, desde que la persecución del judío, puramente por serlo, no sólo constituye delito de lesa humanidad, sino incitación a la guerra civil cuando se trata de compatriotas. La Nación Argentina se ha formado bajo el concepto de que es argentino todo el que nace en su suelo, sin distinción de creencia ni de raza; y cuanto tienda a negarlo, niega a la nación misma con deprimente y peligrosa adopción de doctrinas y prejuicios extranjeros que no tardarían en volverse contra ella.

Pero más interesante que la obra destinada a esclarecer la superchería de los *Protocolos,* paréceme que resulta con este fin la lectura crítica de los mismos. Basta, en efecto, un mediano criterio, lo cual presume desde luego la indispensable despreocupación, para comprender que se trata de un panfleto tan maligno como imbécil.

Todo él procura, en efecto, darnos la impresión de tres cosas fundamentales para la verosimilitud del plan que revelaría: la eficacia inteligente, sin lo cual no sería temible, la refinada perversidad y el poderío de sus autores sobre la propaganda del mundo entero.

106

Pero la estupidez del plan en su propia letra, no menos que la torpeza de enunciar al detalle y por escrito la preparación de semejantes crímenes —cuando las sociedades secretas de todos los tiempos procedieron y proceden de boca a oído en punto a ejecución, precisamente para no dejar rastros— excluyen de suyo los dos primeros supuestos.

En cuanto al tercero, el de la omnipotencia, ¿cómo es que los judíos del mundo, inclusive cuando han participado del poder como en la Alemania republicana, no han podido contener e interrumpir las copiosas y públicas ediciones del libelo que les causa tanto daño? Y si ni aún esto han podido —¿qué temeríamos entonces?...

Pero basta; y permita Dios, el Dios de los cristianos, a fe mía, que ayude yo a desvanecer tan criminales propósitos. En su santo nombre, por cierto, condena la Iglesia la persecución de Israel; y a diferencia de los católicos antisemitas, me basta humildemente con ser TAN papista como el Papa.

Saludo a usted afectuosamente.

(1998)

VICTORIA OCAMPO VEINTE AÑOS DESPUÉS

Bajo el imperio del liberalismo salvaje, la cultura ha sido gradual pero firmemente expulsada de las fuentes de financiación pública y confinada al dominio del *sponsoring* privado, cuyos criterios no son misteriosos: en un mundo donde la Oxford University Press suprime su colección de poesía, no puede extrañar que las fundaciones favorezcan a la música y las artes plásticas y tiendan a ignorar la literatura. El valor mercantil de ésta no puede compararse con el de la pintura, como resulta evidente su incapacidad de crear "eventos", de convocar a públicos visibles, fervorosos, como un concierto. Cada vez más invisible, casi secreta (¿rito de catacumbas, pronto?), sus best-sellers son lo que esa denominación dice: los libros más vendidos, no los más leídos.

La industria cultural hizo de Borges —en su mejor momento un escritor incómodo, resistido— un personaje casi folklórico, tanguero cieguito de Palermo. De Victoria Ocampo ha difundido una figura amable, graciosa, sujeto de un inagotable anecdotario, que debe más al talento de China Zorrilla que al carácter nada fácil del original.

A veinte años de su mudanza a otra vida, la Victoria Ocampo que hoy prefiero evocar no es la mecenas cultural, que hizo durante medio siglo, con sus propios medios, más que cualquier fundación actual. Es más bien la formidable e inquietante mujer que nunca le pidió permiso a nadie para hacer lo que se le daba la gana: con su fortuna, con su persona, con sus sentimientos. La colección de *Sur* es el monumento más válido a su memoria, aun más que sus *Testimonios* o esas memorias que quién sabe cuánto habrá que esperar para poder leer completas, no expurgadas.

Segura de que tenía una misión, insegura de su capacidad para cumplirla, desconfiada de toda autoridad que pretendiera corregirla, atenta a las pocas opiniones que respetaba pero prefiriendo siempre sus propios errores a los ajenos, Victoria Ocampo atravesó su tiempo con una fe sin fisuras en lo literario, en la capacidad del lenguaje y la imaginación para ir más lejos que ideas, sistemas y creencias, para tocar algo más cierto. Oyente apasionada, ya fuera de las audiencias del proceso de Nuremberg o de la conversación de la cocinera, su curiosidad ante el mundo no se gastó con la edad ni con las desilusiones.

Victoria Ocampo perteneció a un tiempo en que las relaciones personales eran más importantes que las "posiciones", algo que entre tanteos y tropiezos hoy se está recuperando. Su lealtad la llevó a respetar, sin disculpar, a Drieu La Rochelle, que publicaba su desprecio por tantas mujeres de cuyo dinero vivió; a creer que, porque Roger Caillois era funcionario de la Unesco, ese vasto congreso de oportunistas y politicastros de la cultura merecía que le legara su casa.

En el fondo, a Victoria Ocampo le preocupaba más que nada la difícil relación entre el alma y el espíritu, entre ese sustrato oscuro, instintivo, pasional, y la sublimación que puede apoyarse en él, que tal vez sólo tenga sentido si se apoya en él. De allí el interés nada frívolo, lejos de toda moda, que muy temprano manifestó por la India y sus religiones. Al final, cuando el cáncer le devoraba el paladar, para poner a prueba su resistencia iba a rehusar todo estupefaciente.

El "che" que solía añadir a sus frases más imperiosas define su carácter campechano y exigente mejor que las anécdotas: cómo obligó a Stravinsky a probar el dulce de leche o sometió a Tagore, insensible a la música occidental, al cuarteto de Debussy. Sería trivial decir que ya no hay personajes así. Victoria Ocampo no podría respirar en el mundo de hoy. Aunque haya conocido la televisión, creo que no llegó a comprender cómo transformaría la percepción de la realidad, las relaciones individuales y la sociedad entera. Toda tecnología era simplemente extranjera a su capacidad de entender el mundo. Esto no la hace "mejor" (noción que la hubiera hecho reír), pero la define en su individualidad, única, irrepetible. Así la conocí, así la recuerdo.

(1999)

OCAMPO Y CAILLOIS, ENFRENTADOS

Las correspondencias halagan una curiosidad del lector que las biografías o la historia no saben satisfacer. Al permitir observar el curso de dos vidas, o de esa parte de cada una de ellas que se relaciona con la otra, antes que la mirada retrospectiva trace el diseño final, nos invitan a asistir en cada momento a esa decisión, ese encuentro, esa duda que han de tener una larga proyección, todavía ignorada. Al conocimiento global de una vida conclusa, a la intuición ilusoria de un destino, anteponen, y permiten recuperar, la espontaneidad, la ignorancia o el presagio: en una palabra, el frágil presente.

La correspondencia de Victoria Ocampo y Roger Caillois, recientemente publicada en Francia (París, Stock, 1997), ha sido reunida por Odile Felgine, autora de una biografía de Caillois (1994) y de otra de Victoria Ocampo (1990), ésta en colaboración con Laura Ayerza de Castilho, que también participó en la compilación de este volumen. El interés de la publicación supera ampliamente los defectos de la edición.

Entre 1939 y 1978, estas cartas van trazando la evolución de dos personajes inmediatamente atraídos por sus diferencias. Muy pronto, V. O. y R. C. se reconocen como pertenecientes a una especie que tiene "no tentáculos sino garras" (R. C., carta sin fecha, 1939). La violencia de los primeros encontronazos, la pasión y el despecho, se transforman con los años, con el desgaste del deseo y los embates de la vida práctica, en una amistad en la que subsisten, domados, no del todo sublimados, la combatividad y los ecos de la pasión extinta. Ante la fuerza visceral de la argentina, que se siente más planta y animal que intelecto, el francés sufre de mutismo, de parálisis afectiva ante todo desborde, de una incapacidad profunda para sentir con el mismo nivel de intensidad.

En los años 30, R. C. había estado fascinado por la violencia, como tantos intelectuales hartos de la mediocridad democrática. Sin animarse al fascismo, como Drieu La Rochelle, ni al nihilismo, como Georges Bataille, había frecuentado cierto marxismo de buen tono, más parisiense que soviético. V. O. (que no por azar había titulado una conferencia de 1934 "Supremacía del alma y de la sangre") había comulgado con D. H. Lawrence en esa reivindicación de la tierra y la sangre (*Blut und Boden*) que en aquellos años se teñía de un matiz ideológico nefasto. Un respingo de liberalismo, a partir de la Guerra Civil Española, la hizo embanderarse claramente contra el fascismo.

En el Buenos Aires conservador, aún cosmopolita, de la época, la Segunda Guerra Mundial se vivía por procuración pero apasionadamente. Allí iban a reunirse estos independientes a los que la política preocupaba sin seducir, tal vez por saberse fundamentalmente ajenos a su tablero. Llevado por V. O. a la Argentina, R. C. muy pronto la hace intervenir para rescatar de la Francia ocupada a la mujer que espera un hijo de él y con la que se casará en la Argentina. También la convence de editar *Lettres Françaises*, revista literaria que publica a escritores franceses no colaboracionistas, vástago temporario de *Sur*, cuya flecha reproduce en la tapa. V. O. financió esa quijotada, convencida de su necesidad.

Ante la lectura de estas cartas, se borra muy pronto cierta imagen de estos contrincantes que había aceptado la imaginación vulgar. ¿Qué queda de la señora rica, ansiosa por hacerse un lugar en el mundo de las letras internacionales, por coleccionar celebridades, por imponerse? ¿Y del pequeño *viveur*, que seducía con su número de intelectual agresivo y se hacía mantener con mujer e hijo por la amante madura? Esas sombras deformes, proyectadas sobre la pantalla del chisme, son desplazadas por la palabra de dos seres cuya agitación tiene la dignidad de los sentimientos que duelen. "Sólo acepto regalos, porque yo misma sólo hago regalos. No sé comprar ni pagar. Por eso no pueden comprarme ni pagarme. Por lo tanto no te rompas la cabeza para encontrar algo que decirme. No busques un dinero de palabras" (V. O. a R. C., 30 de marzo de 1941).

Para V. O., como para otros caracteres fuertes de la época, cuyo temperamento religioso ninguna religión recibida, institucional, podía satisfacer, la literatura es un ámbito de valores espirituales y estéticos confundidos, que se enriquecen y refuerzan mutuamente. La distancia que percibía casi instintivamente ante Borges, ante su hermana Silvina, aun más ante Bioy Casares, proviene de que toda noción de juego, toda gratuidad gozosa, todo escepticismo la irritan. Para R. C., insensible a la ficción, interesado por una literatura fantástica que, como buena alumna, definiera *a priori* su territorio y sus instrumentos, la seminal *Antología de la literatura fantástica* que en 1940 publicaron esos tres escritores no podía sino aparecer como una aberración, que ignoraba deliberadamente la distancia entre sus textos: obra y fragmento, invención y reflexión. V. O. y R. C., partiendo ella de lo espiritual y él de lo intelectual, tal vez estaban más próximos de lo que creían. Tal vez por ello se reconocían como interlocutores.

"¡Qué naufragio la vejez!", exclamó una vez el general De Gaulle y se repite, inevitablemente, el lector al llegar al final de este epistolario, entre otras cosas tardía floración, en la era del teléfono, de un género casi extinguido y que sólo hoy parece revivir, con otro signo, gracias a la inmediatez del fax y del e-mail. En los márgenes de la pasión y la inteligencia hay lugar, como en la vida de todo mortal, para la pequeñez (la satisfacción de R. C. por su propia perfidia en el discurso de recepción en la Académie Française, su vanidad por la espada de académico; los celos de V. O. cuando Susana Soca anuncia que publicará una revista, *La Licorne*, que podía competir con *Sur*) y para la inevitable trivialidad de la vida cotidiana. Como en un film épico aportan una nota de color o permiten un atisbo insospechado entre los bastidores de la vida literaria.

Con los años, aquel joven cuya capacidad de edificar un discurso a la vez paradójico y lógico a partir de cualquier segmento de realidad verbal (*Sociologie du bourreau* es el título de la conferencia de R. C. que provoca la primera misiva de V. O.), que había cautivado

116

a la argentina ávida de alimento intelectual para su pasión literaria, iba a transformarse en funcionario de la Unesco. Su anfitriona de una guerra pasada iba a continuar, cada vez más insatisfecha a pesar de cierto reconocimiento oficial, cada vez más consciente de que los jóvenes estaban "en otra cosa", una obra tenazmente, obcecadamente, confiada en la verdad de valores culturales que todo parecía devaluar en los años 70. R. C. no iba a renunciar a la inteligencia (sus observaciones sobre la pobreza literaria de los autores reunidos alrededor de Sartre en *Les Temps Modernes* son lapidarias), pero en su vida práctica iba a sufrir bajo presión de la *langue de bois*, esa "lengua de madera" que en francés designa la jerga ultraprudente, diplomática, castrada, propia de los regímenes totalitarios y de las organizaciones internacionales. V. O. iba a legar su casa de San Isidro a la Unesco para crear una fundación que prolongara su labor cultural. Al final de su vida, ese proyecto testamentario iba a unirla, mediante nuevos conflictos y malentendidos, con su interlocutor. Recuerdo que en su última estada en París, en 1975, V. O. me confió su aprensión tras una entrevista con M'Bow, entonces director general de la Unesco, en quien encontró respuestas prefabricadas, menos un hombre que un funcionario. "No vaya a ser que también en esto me haya equivocado, che", murmuró. Tres años después moría, tal vez confiando en que su legado no fuera traicionado.

La lectura de esta correspondencia es particularmente interesante para un argentino, pero el reconocimiento de la tarea cumplida por Odile Felgine es, desdichadamente, inseparable de la consternación que suscitan muchas de las notas que acompañan la edición.

El lector ya está habituado, aunque no resignado, a que los libros franceses padezcan de una incapacidad única para reproducir correctamente la ortografía de los nombres no franceses. (Basta abrir un libro italiano, no necesariamente publicado por una editorial universitaria, para comprobar el cuidado con que se respetan grafías eslavas, húngaras, aun las más lejanas de los hábitos del italiano.) En este caso, los acentos de nombres y palabras en castellano aparecen y desaparecen volublemente entre distintas menciones; un título en castellano de pronto incluye una palabra con ortografía francesa (*El tunnel* [sic], de Sabato, por ejemplo), y toda una multitud de incomodidades ataca al lector que habla y escribe ambos idiomas.

En su introducción, Odile Felgine menciona la dificultad de leer los manuscritos de esta correspondencia, pero cuando, en carta del 6 de junio de 1948, R. C. recomienda a V. O. publicar en *Sur* al chileno "Francisco Gleane" (sic), basta una mínima frecuentación de las letras hispanoamericanas para reconocer a Coloane. Las casi cincuenta páginas de notas en tipografía minúscula lucen perlas muy variadas. De José Bianco se dice que era secretario de redacción de *Sur* y no se menciona su obra de escritor, aunque *Las ratas* y *Sombras suele vestir* están editados en francés. De Luis Saslavsky, director de películas argentinas y francesas (que aparece como "Saslawski"), se dice que la familia comerciaba en cereales y se agrega un "tal

118

vez cineasta", como si no existiera un *Dictionnaire Larousse du Cinéma* donde informarse. (¿Qué hace, además, un "tal vez" en una anotación erudita?) De "la Nena" Gándara no se menciona, en nota explicativa, que se llamaba Carmen; se sugiere que no pertenecía al grupo de *Sur*, pero parece ignorarse que, sin embargo, publicó en la revista y que fue, además, la autora del primer libro sobre Kafka publicado en castellano. Varios miembros de la familia Bemberg aparecen confundidos en el índice de nombres bajo una sola pareja. A "Carlucho", administrador de *Sur*, se lo confunde con "Carloncho", Carlos Sánchez Viamonte, aunque bastaba revisar la séptima serie de los *Testimonios* de V. O. para enterarse de que era Carlos Reyles hijo.

En ese mismo tomo se recogía un artículo vehemente en el que V. O. refuta la versión apócrifa de una entrevista relatada por Virgil Gheorghiu, hoy olvidado *best seller* de la Guerra Fría; en la nota sobre el episodio, vaguísima, no se identifica al poeta rumano admirado por V. O. como Benjamin Fondane, judío gaseado en Auschwitz, que el tácito antisemitismo de Gheorghiu le impedía admitir como rumano y le inspiraba reconocer como... banquero.

Una cima de comicidad involuntaria es alcanzada cuando, en carta de 1974, R. C. relata que la representación soviética protestó porque la librería Brentano, en el *hall* de la Unesco, exhibía *L'Archipel*, obra de un Premio Nobel. ¿Qué duda cabe de que ese título abrevia *El archipiélago del Gulag*, de Soljenitsin? Nada tan evidente impide que una nota identifique el libro como *El archipiélago*, primer tomo de la autobiografía de V. O., que sólo aparecería póstumamente, y mal habría podido suscitar las iras de la URSS...

Éstas son sólo unas pocas muestras de la avalancha de desinformación que las notas proponen, y que no dejará de estorbar el trabajo de universitarios franceses en los años por venir. (¡A qué distancia de las notas concisas y exactas de Eduardo Paz Leston para las *Cartas a Angélica y otros*, Sudamericana, 1997!)

"Así se escribe la historia" era el título que V. O. dio a su réplica al libro de Gheorghiu. Podría ser, también, la melancólica reflexión del lector de las notas que acompañan esta correspondencia. Por su parte, V. O. y R. C., *all passion spent*, podrán sonreír ante el avatar póstumo que sus relaciones conocen.

(1997)

SARDUY, PRISIONERO DE SAINT-GERMAIN-DES-PRÉS

Hay libros que es imposible leer sin recordar que son el último de su autor. *Cocuyo* de Severo Sarduy, por ejemplo. En cubano, cocuyo es una luciérnaga, y esa luz frágil, efímera, lujo y gratuidad de lo creado, me parece una metáfora de la literatura de Sarduy, aun de su autor.

La inmensa tristeza del niño cabezón que sobrevive a humorísticas, grotescas, atroces, seudomíticas pruebas de iniciación, sin que esas ordalías le permitan ingresar en la adultez, permanece en el lector como una herida silenciosa. Apagadas las luces del "gran cabaret del mundo", extinguidas las apariencias pintorescas y variadas que componen su simulacro, devueltas a ese vacío central, única realidad que a la vez disfrazan y delatan, *Cocuyo* invoca por última vez la noción de barroco que Sarduy teorizó y practicó, pero ya no en clave festiva.

Las efímeras seducciones del sexo y el misticismo, del cabaret y el monasterio, señalan menos un conflicto que el punto posible de un encuentro utópico: la intersección de barroco y budismo. El *horror vacui* tal vez ha sido la intuición primera de Sarduy: un vacío central que *putti* de yeso y profusas guirnaldas, inciensos de colores y divinidades maquilladas revelan, por su mero exceso, a nuestro despavorido reconocimiento. Allí donde otros se complacían en señalar un orgasmo en la Santa Teresa de Bernini, Sarduy reconocía en ese éxtasis la ardua disciplina de contemplación de un mandala.

Entre *Colibrí*, "monstruo cabezón", y su pariente *Cocuyo*, Sarduy había pasado de los oropeles virtuales del show al barro y los excrementos demasiado físicos de un delta aluvional. Una imagen patética del marginal, triunfante mientras puede prolongarse la ilusión del espectáculo, vencido cuando éste toca a su fin, cuando se apagan los proyectores, se pliegan los telones, y veloces, invisibles maquinistas dejan vacía la escena.

Severo Sarduy murió en París el 8 de junio de 1993. La implacable diosa de la moda permitió que pocos años más tarde sus libros estén ausentes de las librerías francesas, su nombre casi olvidado por el periodismo cultural de su país de asilo. En Cuba, su patria, *De donde son los cantantes* apareció tímidamente en 1995, tras décadas de silencio y ocasional vilipendio para su autor. Gracias a la indispensable colección Archivos, auspiciada por la Unesco pero independiente de su política, una edición crítica de sus obras completas ha visto la luz en el filo del año 2000.

En París, engañosos halagos y prescindibles reconocimientos habían arrastrado a Sarduy a representar el papel de Sarduy. Fue su desdicha creer que había hallado *su* voz en la sumisión a una ventriloquía ajena. A través de lo más propio y valioso que había llevado de

Cuba a Saint-Germain-des-Prés, del mestizaje étnico y cultural celebrado gozosamente, de una práctica juguetona aunque artísticamente muy elaborada de lo que él aún no sabía que Bajtín había llamado polifonía y carnaval, otras voces se hicieron oír. Sarduy empezó a transmitir, cada vez menos paródicamente, toda una ideología que durante unos años estuvo asociada, sin humor, con pedantería, a la revista *Tel Quel*.

La empresa antiindividualista, antihumanista, antiliteraria de *Tel Quel* no dejó víctimas en el campo de batalla intelectual parisién: signo, tal vez, de que en el fondo nadie nunca la tomó demasiado en serio. En la segunda mitad de los años setenta, sobre las ruinas de la aventura teórica parisién, empezó a reeditarse, por ejemplo, a Jane Austen, a Arthur Schnitzler; pronto se llegó a Edith Wharton, a Leo Perutz, a Mario Praz. Fue como si una ventana se abriese súbitamente en una pieza asfixiada por humo y vahos largo tiempo encerrados. No es casual que la vuelta a la literatura, en una Francia donde la capacidad de ficción, debilitada, amenazaba con agotarse, haya sido en gran parte la reaparición de autores traducidos mucho antes y hacía tiempo agotados, fondo de catálogos editoriales, semiolvidados por un público que sin embargo no se resignaba a la "productividad textual".

(Hoy, los promotores de *Tel Quel* hace tiempo que se han "reciclado" —un vocablo proveniente de la economía de consumo parece el único apto para evocarlos— en la grafomanía con aspiraciones de *best seller*, en el psicoanálisis silvestre, en la conferencia televisiva, en el *zapping* cultural.)

Puede entenderse la vampirización parisiense del

talento de Sarduy como un avatar (modesto, mundano) de la leyenda fáustica: un "provinciano" accede a la feria de vanidades de la "capital" a cambio de su alma... Pero esos fastos eran más bien falaces espejismos. Sarduy nunca "prendió" realmente en la bolsa de valores literarios de París. Observado con una sonrisa divertida por sus amigos franceses más cercanos, en sus treinta años de Saint-Germain-des-Prés resultó un aditamento pintoresco para una serie de escaramuzas intelectuales que sólo apasionaban a los nativos. Obligado por la necesidad material a aceptar la *langue de bois* del medio en que actuaba, sólo decía en privado, a algún amigo hispanoamericano, el ridículo que no dejaba de ver en el publicitado viaje a China, en pleno genocidio cambodiano, de una variopinta *bande des quatre*: Barthes, Sollers, Kristeva y François Wahl (sobrino del filósofo Jean Wahl y asesor de las Éditions du Seuil).

Sarduy terminó encontrando en París censuras menos letales pero tan rígidas como en Cuba, cuyos sonidos, colores y sabores tanto le faltaban. En más de un momento, al comprobar que le era materialmente imposible sobrevivir en París si se divorciaba del *establishment* que lo había adoptado, fantaseó con la idea de volver a la isla, confiado en la protección de una hermana: funcionaria importante, tal vez pudiese obtenerle algún empleo, aun modesto, pero que lo salvara de la alternancia de ostracismo y chicanas que, por ejemplo, amargaron los últimos años de Virgilio Piñera.

La muerte temprana liberó a Sarduy de la complicidad tóxica en la que él creyó ver su triunfo. Sus libros permanecen, no contaminados, y lo confirman como un escritor de otro nivel, de otra calidad, que aquellos ocasionales vecinos. Su originalidad era demasiado auténtica como para acatar una gimnasia de eterna adaptación a un mercado intelectual no por limitado menos influyente.

La gracia, la espontaneidad con que en la conversación, aun antes que en la escritura, Sarduy proponía insólitas alianzas entre las letras, la música popular, la lingüística y la digresión sexual, era algo inimitable para su empacado primer público. Sólo Roland Barthes podía, desde otro registro, intuir exactamente la naturaleza de su genio. Para los demás parroquianos de Saint-Germain-des-Prés, ese cubano auténtico fue convirtiéndose en un cubano *di maniera*, diversión de intelectuales que en él festejaban la exhibición de esa misma heterodoxia lúdica que en Cuba lo habría llevado al trabajo forzado en un campo de la UMAP. En Sarduy, esa secta sólo supo ver un reflejo exótico que la confirmaba en su existencia metropolitana. Sus secuaces fueron incapaces de reconocer en él a un escritor de veras, cuya obra relegaba sus propias gesticulaciones a un bajo anaquel.

El París de Sarduy tenía por centro, anacrónico, el Café de Flore. Éste ya no era un café literario cuando él lo hizo ingresar en su mitología personal. El prestigioso decorado de los años 40, donde los escritores habían buscado un poco de calor en tiempos de ocupación y racionamiento, se había convertido en la posguerra en centro de una bohemia internacional pero intrínsecamente literaria, cultural. A fines de los años 60 ya se había entregado a una fauna dudosa de publicistas, modelos, gigolós y otros aspirantes a esos quince minutos de fama que un profeta neoyorquino predijo para todo el mundo en un futuro que es hoy. Severo, mejor que nadie, iba a describir ese submundo en un texto de *El Cristo de la rue Jacob*. Que el aburrimiento crónico de Roland Barthes haya elegido ese café por parada casi cotidiana no es inexplicable: en su afán clasificatorio (*Sade, Fourier, Loyola*) y sistematizador (*Fragments d'un discours amoureux*), el profesor tal vez expiaba con ese peregrinaje su visceral timidez ante lo imaginario.

(Después de Valéry, creo que no ha habido en el idioma francés un pensamiento literario tan fino como el de Barthes, una capacidad tan admirable para libar, *abeille savante*, marxismo, estructuralismo, semiología, y luego segregar algo siempre diferente, nunca prisionero de esos severos enrejados. Su coqueteo amistoso, hábilmente huidizo, con los más jóvenes e irremediablemente subalternos redactores de *Tel Quel*, es una de las facetas de esa estrategia. En tiempos en que la revista, *coqueluche* de algunos intelectuales parisienses y provincianos transatlánticos, ofrendaba en los altares de la semiótica y el leninismo, y citaba la poesía de Mao-tse-Tung, Barthes ya "estaba en otra cosa": *lieder*, Werther, descubrir los sentimientos.)

Así como Guillermo Cabrera Infante reinventó su Habana perdida como la luz de una vela apagada, Sarduy se hizo su propio país portátil con la Cuba que propuso en *De donde son los cantantes*. Para medir el coraje implícito en ese libro hay que recordar que, en la primera década de la revolución, Cuba, bendecida por la visita de tantos invitados bienpensantes, procuraba aniquilar la misma rica tradición de mestizaje cultural que el libro de Sarduy celebra. El marxismo-leninismo, entronizado como disciplina científica, creía poseer la clave indiscutible del futuro, el "sentido de la Historia"; consideraba, luego, residuos de superstición, marcas de "atraso", particularismos retrógrados, rastros de incultura, fermentos reaccionarios, las múltiples manifestaciones de religiosidad animista africana que en la isla habían esposado al catolicismo, o la presencia china en la música y la cocina. En nombre de la "construcción del socialismo" se combatía lo más auténtico y propio de una cultura.

En ese libro Sarduy celebra una Cuba mestiza, impura, entregada al despilfarro de lo imaginario, al goce de lo creado. *De donde son los cantantes* apareció en Francia más o menos simultáneamente con el ensayo, publicado en la revista *Critique*, donde Kristeva presentaba al lector no ruso la obra de Mijail Bajtín. Ese ensayo seminal iba a marcar durante más de dos décadas no sólo a profesores no eslavos sino también a cantidad de críticos, aun a escritores que, como los lectores más próximos a la autora, extirpaban esas intuiciones críticas del contexto soviético donde adquirían un filo transgresor. Leída a la luz de Bajtín, la novela de Sarduy parecía cumplir con los requisitos de lo polifónico y lo carnavalesco. Pero ese texto cubano, aunque resultase apetecible para la teoría literaria, era sencillamente irrecuperable para la ideología del poder. Permaneció, previsiblemente, impublicable en

Cuba hasta dos años después de la muerte del autor y cuatro después de disuelta la Unión Soviética, cuando en la isla un poder fatigado ya empezaba a claudicar.

(Tal vez sea uno de los signos más patéticos del destino de la revolución cubana que, una vez derrumbado el imperio que la mantenía en vida, como un agonizante bajo perfusión, su líder casi senil haya abierto la isla al turismo, al Papa, a la prostitución, logrando así una caricatura —que no renuncia a los signos exteriores de la retórica marxista— de lo que según la propaganda gobernante había sido Cuba *antes* de su conquista del poder.)

Toda la obra de Sarduy pone en la escena del lenguaje una serie, en apariencia indefinida, tal vez innumerable, de metamorfosis que simultáneamente dan por abolido todo punto de origen y toda posibilidad de meta final, movimiento que parecería haberse iniciado mucho antes de la primera frase de *Gestos*, su primer libro, y prolongarse más allá del crepúsculo de *Cocuyo*.

De *Cobra*, Emir Rodríguez Monegal pudo escribir que "la novela misma provee los elementos básicos de su exégesis"; de *De donde son los cantantes* propuso Julio Ortega que es una "crítica de la literatura en sí misma". Esto es cierto de la obra entera de Sarduy, autocrítica por su ejercicio integral de la parodia, paródica en su incorporación de nombres y vocablos provenientes de un espacio cultural. Sus ensayos —*Escrito sobre un cuerpo* y *Barroco*— aportan, por si fuera necesario, el elenco de fuentes, referencias y resonancias (literarias, plásticas, filosóficas) dentro del cual sus libros de ficción deberán ser leídos, apreciados, analizados. Un volumen de 1976* permite comprobar hasta dónde la crítica hispanoamericana se aventuró en el estudio de la obra de Sarduy. Más allá de algunos textos franceses y norteamericanos de circunstancias, sobre todo valiosos como signos de reconocimiento en otros ámbitos lingüísticos, allí se pone en acción cuanta idea y práctica conmovía y parecía renovar el trabajo crítico de la época.

En ese libro encuentro, invocados con pertinencia, por ejemplo, el impacto que la India de Octavio Paz, espacio místico-lingüístico, tuvo en Sarduy, con hondas huellas evidentes a partir de *Cobra* (Emir Rodríguez Monegal); los vínculos y discrepancias entre la noción de barroco de Sarduy el "neobarroco" de Lezama Lima y Carpentier, así como el contexto (Saussure, Lévi-Strauss, Derrida y, desde luego, Paz) de su literatura (Roberto González Echevarría); aun una inesperada exploración de la posible intertextualidad Borges-Sarduy (Suzanne Jill Levine). Sería injusto concluir que Sarduy escribía para sus exégetas, para un lector universitario, estudioso de literatura, aun de teoría literaria. Sobre todo hasta *Cobra*, el humor, la burla de sí mismo y la infatigable invención verbal de sus libros no tienen nada en común con, digamos, las *performances* aplicadas, puntillosas, de los colaboradores de *Tel Quel*, que parecieron promover la obra de Sarduy tal vez con la esperanza de apropiarse de un poco de su audacia y liviandad.

---

* *Severo Sarduy*, compilador Julián Ríos. Madrid, Espiral/Fundamentos.

El eco múltiple que hasta *Cobra* tuvieron los primeros libros de Sarduy en la comunidad académica se fue extinguiendo a partir de *Maitreya*. El budismo, más ampliamente el misticismo hindú, toda la reserva de éxtasis y metáforas estructurada por Paz en ensayos y poemas en los años precedentes, depara menos sugerencias y revelaciones en la novela-mandala de Sarduy. Cabaret y travestis fueron perdiendo su capacidad de divertir y parodiar las teorías de moda. En *Colibrí* el lector asiste a una representación "a la manera de" Sarduy, cuidada, respetuosa, pero donde poco queda de los destellos, de la seducción, del asombro, del descubrimiento que sigue suscitando *De donde son los cantantes*. Como las formas y colores constantemente variados de un caleidoscopio, el juego verbal trasunta cierta fatiga, una sospecha de sistematización, una insidiosa monotonía.

En sus últimos años Sarduy entendió que había sido traicionado. Peor: que se había dejado traicionar, o que se había traicionado a sí mismo. No podemos imaginar cómo habría sido su vida de no haber dejado Cuba tan joven. ¿Un interminable ocaso, como el de Piñera, escamoteado de la vida pública hasta en sus pompas fúnebres? ¿Una autoexpulsión ruidosa, peleadora, como la de Arenas? Su paso por la vida literaria francesa es una fuente rica en malentendidos y equívocos. (En la Buenos Aires frívola y amnésica que visitó en 1968 se diría de él que le había puesto maracas a *Tel Quel*: "*vaste programme*" o "*misérable miracle*", según el clásico que se prefiera...) Afortunadamente para su obra, nunca se encandiló con el llamado *boom* latinoameri-cano, rehusó las dimensiones adiposas requeridas por el *best seller* y cinceló una prosa fuera de moda como concepto y ejercicio, para la que, más allá de Lezama Lima, Darío aparece como la única referencia posible.

A fines de los años 80, en momentos de quiebra en el mercado ideológico parisién, Sarduy se vio obligado a abandonar las Éditions du Seuil, donde creía haber "hecho carrera", y de pronto sólo era visto como el su-perfluo protegido de un pequeño mandarín recién ju-bilado de oficio. Acogido por Gallimard, la más tradi-cional editorial francesa, intentó malhadadamente resucitar una colección otrora prestigiosa: "La Croix du Sud", que había creado Roger Caillois. La insegu-ridad de su situación profesional, ciertos errores de criterio, lo llevaron a exagerar la prudencia. Vivía cada gesto de docilidad ante el medio como una humi-llación que sólo podía aliviar por la escritura. Todo esto se trasluce en *Cocuyo*: esos otros sobre los que al final vomita el niño retardado de la ficción remedan a los mediocres, a esas nulidades de quienes dependía el escritor para su subsistencia, que le imponían alia-dos ideológicos y mundanos. En cierto sentido, el ba-sural final de su última novela es lo que París había pasado a significar para el desolado ocaso de la vida de Sarduy.

Sobre Severo Sarduy he querido escribir en primera persona. No pretendo abordar el misterio de la fortuna tornadiza de su prestigio literario con los instrumen-tos de la crítica. Ésta puede revelar en su espejo cóncavo más resonancias y convergencias entre la obra y su tiempo que las visibles para una mirada profana; pero esa imagen, no necesariamente deformada pero sí perfecta (en el sentido de total, conclusa), me parece más bien el reflejo de un alter ego de Sarduy. Con el tiempo ese reflejo será la única efigie del escritor, y tal vez es justo que así sea, pero antes que esta persona definitiva se cristalice, concentración de tantos fluidos palpitantes en una superficie firme, quisiera dejar una huella de otro Sarduy, aquel que en París sólo podía decir en castellano, como una confidencia, algo muy distinto de lo que decía, públicamente, en francés.

(*1999*)

BEATRIZ GUIDO: MENTIRA Y FICCIÓN

A Beatriz Guido le gustaba decir que había empeza-do a ser novelista con su primera mentira. La palabra *mentira*, con sus connotaciones delictuosas, con su aura melodramática, respondía al gusto de Beatriz. Otros dirían (más objetivamente pero menos cerca del personaje) que la escritora era incapaz no ya de relatar sino de percibir los sucesos de la vida cotidiana sin al-terarlos, recomponerlos, exagerarlos, para que obede-cieran a las reglas de su estrategia narrativa, para que hallaran un lugar en su propio repertorio de caracteres y situaciones, donde se invocaba la vida llamada "real" sólo para someterla a los reflejos cóncavos, convexos, a las perspectivas huidizas de su narración.

"Soy una mentira que dice siempre la verdad": la frase de Cocteau ilumina esa relación con la mentira, descarada, exhibida por Beatriz, que divertía a sus amigos tanto como a ella misma. A través de la varia-ción, del contrasentido, de la digresión libre, Beatriz tocaba zonas de la realidad menos evidentes que lo meramente verosímil, que esa coincidencia superficial entre referente y expresión que pasa por verdad.

Una de las primeras veces que la vi —recuerdo— fue tras la proyección privada del cortometraje de un asis-tente de Leopoldo Torre Nilsson. Me acerqué a ella tímidamente y le oí decir, para coincidir con dos interlocutores sucesivos, las mismas palabras con entonaciones opuestas. Repetía algo así como: "Usted no sabe lo que esta noche significa para nosotros, que este chico que conocemos desde hace tanto tiempo haya sido capaz de hacer esto..." Y ante las intervenciones contradictorias —"¡Qué satisfacción!" y "¡Qué bochorno!"— respondía con una expresión ya beatífica, ya desolada, que regalaba al oyente la ilusión del consenso. Al reparar en mi presencia, y comprender que yo había asistido a ambos ejercicios, estalló en risas y, rozándome la punta de la nariz con el índice, me dijo: "¿Viste qué mentirosa que soy?"

Esa mentira con la que Beatriz gozaba, que practicaba sin premeditación, nunca procuraba sacar ventaja, inducir a error, engañar, menos aún perjudicar. Cuando no era un mero arrebato de ficción inoculada en una cotidianidad demasiado austera para su gusto (la tentación de levantar vuelo con la imaginación), era un intento, casi obsesivo, de complacer, de evitar conflictos, de no quebrar el diálogo. "Qué querés, yo soy *mangia con tutti*", solía repetir, usando una de esas expresiones italianas que le venían menos de los orígenes familiares que de dos años decisivos como estudiante en Roma, en la posguerra. De esos años juveniles también datan dos libros que, como otros escritores con sus primeras letras, más tarde ocultó, suprimió.

También le oí decir, más de una vez, tras haberse internado muy lejos para los que la rodeaban en la invención de motivos y anécdotas: "Mejor paro aquí, ya estoy *bambola matta*". Nunca supe si esa "muñeca loca" era un personaje de historieta que había conocido de niña o una expresión de sus años romanos, cuando seguía los cursos de filosofía de Guido de Ruggiero. "Estudié filosofía con Marcelo Ruggero", le gustaba decir, para averiguar si el interlocutor conocía a ese venerable cómico del teatro Variedades, tal vez con el fin de escandalizarlo. Para chocar a un grupo de señoras, una vez dejó caer en la conversación un "yo llegué virgen al adulterio", sabiendo muy bien que lo chocante era el primer sustantivo, no el segundo.

La Beatriz Guido que todos conocían como una de las personalidades más extraordinarias del Buenos Aires inmediatamente anterior al totalitarismo de la televisión era la autora de *La casa del ángel, La caída, Fin de fiesta, La mano en la trampa*, novelas y relatos que impusieron inmediatamente un tono, una voz, una mirada; como solía decirse en esa época, un "universo propio", un "estilo". Más tarde iba a escribir novelas menos cuidadas, o donde la influencia de modas intelectuales y efímeras vanguardias le hizo dudar de sus dotes mejores e intentar experiencias textuales sin convicción. Pero en relatos como los de *Apasionados* logró recuperar su voz propia, la de sus obras mejores.

Beatriz Guido había elegido como territorios de su ficción dos espacios que la fascinaban sin enceguecerla: el de la política y el de una clase alta en decadencia. En ellos proyectó sus motivos preferidos: la inocencia traicionada, la infancia lúdica y perversa, el sexo como algo terrible, irreductible a toda noción de salud (sobre una parejita muy satisfecha de sí misma: "Qué querés, leyeron *El arte de amar*, de Fromm, y se lo creyeron").

El feminismo nunca la encandiló, pero reservaba un desprecio particular para el cliché de la mujer que busca un hombre fuerte al que someterse. De una colega que se enardeció sucesivamente por el presidente Frondizi, el general Perón y el almirante Massera, dijo lapidariamente: "Pobrecita, no tiene más brújula que el clítoris".

La política que fascinaba a Beatriz no era esa noción positiva, idealizada, redentorista, que tantos estragos hizo a fines de los años 60. Era el viejo mundo de lucha por el poder, caudillos y secuaces, traiciones espontáneas y amnesia programada. Lo había mamado de las conversaciones y cuentos escuchados a su padre y a sus amigos. En los años del Proceso, tras la muerte de Leopoldo Torre Nilsson, Beatriz solía pasar largas temporadas en Madrid, donde recibía todas las tardes en un rincón del *hall* del hotel Memphis, en la Gran Vía. En los espejos enfrentados de la guerrilla y de la represión, veía agitarse figuras a las que confería dimensiones shakesperianas, más algún oportuno resabio de Carolina Invernizio. Cuando una patota de exiliados allanó el domicilio de un cabecilla rival en busca del rescate de un secuestro, que había sido "desviado", relataba las distintas versiones del hecho con un "¡ay, patria mía!", que con los años había convertido en su muletilla más gozosa. Se la oí también cuando dirigentes montoneros se entrevistaron en el exilio con un almirante en el poder, para repartirse un ilusorio futuro político, y estoy seguro de que la hubiera repetido ante historietas que no llegó a conocer. "Este baño de sangre va a terminar en telenovela", sospechaba acertadamente, aunque no podía prever los episodios Galimberti-Born, o Schoklender-Bonafini.

En la llamada clase alta Beatriz encontró un elenco

de personalidades extravagantes, una tolerancia para el capricho o la anomalía, que eran las únicas conductas que despertaban su atención, que la cautivaban dentro y fuera de los libros. Pero detrás del personaje público latía otro, que pocos conocían: la madre, de la cual Beatriz había heredado los rasgos más fuertes de su carácter. Berta Eirin, actriz uruguaya que había representado a Ibsen y Maeterlinck en Montevideo y en una foto de infancia aparece recitando para Rubén Darío, se había "exiliado" en Rosario tras su casamiento con el artista que sería el autor del *Monumento a la Bandera*, a orillas del Paraná: Ángel Guido. La colección de arte colonial del padre, con sus profusos angelotes y piezas de altar barroco, iba a ser el decorado suntuoso y fantasmagórico donde crecieron tres hijas: Beatriz, Bertha ("Tata") y María Esther ("Beba").

Como otros nostálgicos de la escena, doña Berta había hecho del mundo su escenario. Al quedar viuda, vivió con Beatriz y Leopoldo el resto de su vida. Podía recibir a un visitante ocasional recitando a García Lorca ("verde que te quiero verde"), ataviada con una bata de terciopelo rojo y un vaso de whisky en la mano. Cuando en sus últimos meses le prohibieron fumar y beber, supo descoser la funda de su almohada para esconder un paquete de Camel y cambiar el contenido de las botellas de Coca Cola a las que se decía condenada. Berta Eirin de Guido tenía esa cualidad inimitable que designa la palabra francesa *panache*. Cuando Beatriz en su presencia contemporizaba para evitar un choque, Berta la amonestaba roncamente: "Un poco de cojones, nena". El personaje de la abuela en *Piedra libre* está trazado a partir de ella.

El pudor de Beatriz le impedía revelar que, en el fondo, era la prisionera de una casi ilimitada generosidad, con su tiempo casi tanto como con su dinero. Poseía un sentimiento tribal entre italiano y judío que le confirmaba, sin discusión posible, que la gente más importante del mundo eran sus hermanas, su madre, sus sobrinos y, en el centro de esa constelación, inamovible, Leopoldo Torre Nilsson, cuyos reveses de fortuna acompañó estoicamente, cuyos films alimentó con aludes de invención, bajo los cuales él debía debatirse, elegir, desechar, dar forma. "Esto lo dejamos para otra película", le oí decir más de una vez, cuando Beatriz proponía resolver una situación mediante un incesto entre antepasados o una violación en Harrods.

Un amigo de Beatriz (creo que se trataba de Raúl Escari) le había propuesto grabar casetes de simple conversación, que serían luego montadas para editarlas como "literatura oral": no la lectura de una obra preexistente, sino una antología de grandes momentos de su palabra, elegidos entre muchas horas grabadas. La iniciativa no prosperó y me ha quedado la nostalgia de esa posibilidad perdida, porque en Beatriz ni aun el lapsus era inferior a la ficción. En Río de Janeiro, en 1969, unos críticos ingleses le pidieron noticias de Leonardo Favio, cuyos primeros films habían apreciado. Para comunicarles que el actor y director había empezado una nueva carrera como cantante, en medio del ruido de un almuerzo en el Copacabana Palace, Beatriz dijo: "*Now he is a sinner*" ("Ahora es un pecador", *sinner* en vez de *singer*, cantor). Ante el estupor de sus oyentes, sintió que necesitaba aclarar algo y añadió: "*A pop sinner, of course, not an opera sinner!*"

Quienes conocimos, quisimos y hoy extrañamos a Beatriz la evocamos repitiendo, compartiendo sus anécdotas, algunos de aquellos momentos extraordinarios de pura elaboración verbal en que su intuición de novelista florecía espontáneamente, parecía alimentarse con su propia vehemencia. Como para su madre, no puede haber tristeza al evocarla: nos dio tanto, nos dejó tanto, que sigue a nuestro lado, con esa tozuda amistad que, como decía Shakespeare del amor, es el único metal precioso que al extenderse no pierde sustancia.

(1998)

COPI:
TRES INSTANTÁNEAS Y UNA POSDATA

La primera vez que lo vi, Copi bailaba un pasodoble con Martine Barrat. Era un 31 de diciembre, creo que el de 1970; yo estaba de paso por París, solo, y unos amigos argentinos me habían dado cita en un bar de la *rue* Chabanais, "Le César", donde otros conocidos se reunirían con nosotros. Apenas había entrado cuando en medio del humo espeso y del parloteo de mucamos españoles y choferes portugueses distinguí a una pareja que se desplazaba con velocidad y precisión sobre la pista.

Aunque Copi era un personaje muy conocido de la *vie parisienne*, y su compañera una fotógrafa a quien Gilles Deleuze iba a despachar becada a Nueva York para que retratase a criminales adolescentes de Harlem, no había en la actitud de los bailarines ningún resabio de *slumming*, de *encanaillement*. Estaban, si se quiere, de visita en un ambiente ajeno, pero gozaban con el pasodoble, lo bailaban tan bien y agradecían con tanta sencillez los aplausos de los habitués que, si alguna distancia era perceptible entre ellos y "Le César", estaba más bien en mi mirada de pajuerano.

Ese dominio natural de la escena, que sentí inmediatamente y con mucha fuerza en aquella primera visión, lo reencontré, más tarde, en dos ocasiones en que vi a Copi en un escenario ¿real? ¿tradicional? ¿convencional? Porque la minúscula pista del "César" siguió presente, con su falta de pretensiones, con las voces ibéricas que coreaban aquel pasodoble, detrás o por encima de los teatros, con vocación "artística" o de vanguardia, donde lo volví a ver.

Loretta Strong era un espectáculo apenas apoyado en un texto. Dudo que, interpretado por otra persona, fuese soportable. Pero el milagro teatral ocurría apenas Copi, esquelético, desnudo, pintado de verde o de azul, tal vez de color turquesa, aparecía en el escenario, precariamente izado sobre tacos altos, como la intrépida astronauta del título. La sensación de asistir a un delirio no clínico, no recuperable por ninguna noción entonces tan en boga de antipsiquiatría; más bien el sentimiento de horror sagrado ante una criatura mitológica que se hubiera inventado a sí misma y de quien Copi era el primero en burlarse... Una sucesión de impresiones contradictorias tironeaban al espectador entre la risa y el miedo, se insinuaban a la platea durante la hora, apenas, que esa criatura deambulaba por la escena, como en un mal *trip*, antes de sentarse en un inodoro y tirar de la cadena que lo hacía desaparecer en las profundidades del aparato doméstico, convertido para la ocasión en rampa de lanzamiento de misiles espaciales...

Todo esto ocurría en un pequeño teatro de la *rue* de la Gaité, creo que el de la Gaité Montparnasse, a mediados de 1974. Me cuentan amigos de Barcelona que, en la euforia que siguió a la muerte de Franco —el llamado "destape"—, Copi y *Loretta Strong* fueron invita-

142

dos por el primer secretario de cultura "progre" de la ciudad. En un momento en que Brecht y Peter Brook eran consumidos ávidamente por la "inteligentsia" catalana, el espectáculo suscitó una profunda perplejidad y casi ninguna risa.

La tercera vez fue en la *rue* de la Roquette, en el Théâtre de la Bastille, en 1986 o 1987, meses antes de la muerte de Copi. La obra se llamaba *Les escaliers du Sacré Coeur* y en ella se cruzaban cantidad de personajes del barrio donde vivía el autor, entre los jardines y escalinatas que descienden desde la Basílica del Sagrado Corazón y la *rue* des Abesses: traficantes y consumidores de drogas, cultores de cualquier heterodoxia sexual, mirones compulsivos y sus indispensables exhibicionistas, no menos compulsivos. Esas figuras se agitaban en una gozosa sarabanda y se entregaban a un frenesí retórico de versos y rimas dignos de Victor Hugo, si los franceses tuvieran sentido de la parodia.

En el texto, precisemos. Porque sobre el escenario estaba Copi, solo, con un traje oscuro de elegancia irreprochable, el libreto de su obra en la mano. Y ese libreto lo leía ante el público, sin omitir las indicaciones de escena ("retrocede espantado..."), imitando a partir de su acento rioplatense las voces, las entonaciones y la cursilería de cada personaje, cruzando el escenario frenéticamente para anunciar un efecto, alguna sorpresa, acercándose a la luz del proscenio para leer una réplica que olvidaba, o salteándose dos o tres páginas que de pronto le parecían aburridas, transpirando, siempre sonriente, evidentemente feliz.

Aun en los momentos más truculentos de ese melodrama sin música, Copi era capaz de comunicar el placer que le producía el hecho de hallarse en un escenario, frente a un público. Cuando al final saludaba, con el libreto siempre en la mano, el público comprendía que había asistido no a la puesta en escena de una obra sino a algo más raro, casi único: a la puesta en escena del autor en ese momento casi inasible en que sus personajes empiezan a desprenderse de él sin existir aún independientemente.

El recuerdo de Copi en escena me hace pensar en algo elemental que ninguna elaboración intelectual puede sustituir: el teatro exige que algo interesante ocurra, momento tras momento, en el escenario; el vacío, la espera, deben cargarse para existir como teatro, con el peso de lo ausente que no llega. En el arte de Copi, en su "marginalidad flamígera y soñadora" (Lavelli), hay más teatro real que en cualquiera de las maquinosas puestas de los cultores del "dispositivo escénico", invasor y asfixiante, que han constituido una nueva academia. Si hay una tradición que desde los tinglados medievales llega hasta Valeska Gert y Robert Ludlum —y creo que sí la hay— Copi halló, sin buscarla, a su familia en esa espléndida galería de proscritos "flamígeros y soñadores".

(1998)

144

LAS CHICAS DE LA *RUE* DE LILLE

Como de los frescos de la Capilla Sixtina, o del glaciar Perito Moreno, oí hablar de Herminia y Dorita mucho antes de verlas. Sabía que eran las *concierges* del edificio de la *rue* de Lille donde una amiga mía alquilaba el primer piso. Que fueran argentinas, y posiblemente una pareja, no habría bastado para despertar mi curiosidad; me intrigó, en cambio, el tono agreste, cerril, con que —según mi amiga— enfrentaban a inquilinos y propietarios de esa distinguida calle, sin dejar de cumplir irreprochablemente con sus tareas. Tras un momento inicial de desconcierto, aun de perplejidad, mi amiga había decidido defenderlas ante vecinos sorprendidos por la indolencia con que esas formidables criaturas prescindían en el diálogo del *"s'il vous plaît"* y del *"je vous en prie"*, por la vehemencia con que abordaban un ocasional trabajo de plomería, por la familiaridad con que palmeaban al anticuario que, a modo de ofrenda propiciatoria ante dioses inescrutables, les regaló un domingo una *charlotte aux poires* de Dalloyeau.

Debo aclarar que mi amiga de la *rue* de Lille es inglesa, nacida en Skopje y criada en Bogotá. Aunque periodista, hay en ella algo de un personaje de Rose Macaulay, un atisbo de Freya Stark. En algún momento pude sospechar que su mirada tangencial adornaba con el prestigio de lo exótico a dos inmigrantes que no dominaban los códigos de la cortesía francesa. Una anécdota, sin embargo, me impresionó como veraz, creíble más allá de todo enriquecimiento por la narración indirecta. Un director de cine checo había pasado unas semanas en el departamento; al partir hacia Los Ángeles dejó allí cantidad de ropa que no necesitaba inmediatamente; en una carta posterior anunció que ya no volvería a usarla. Antes de llamar al Ejército de Salvación, mi amiga preguntó a Herminia y Dorita si alguna de esas prendas podría serles útil. Para su sorpresa, no fueron tanto camisas y sweaters los que merecieron el interés de las *concierges* sino dos trajes, bastante usados, cuyas chaquetas cruzadas —pensó mi amiga— tal vez autorizaran la conversión en blazers. Dos domingos más tarde, vio salir de misa en la iglesia de Saint-Germain-des-Prés a Herminia y Dorita, vestidas con los trajes de su amigo, mínimamente alterados para acomodar la no prevista abundancia de pecho y muslo.

En el verano de 1992 decidí corregir, en la medida de lo posible, las modestas proporciones de mi departamento. Al enterarme de que mi amiga había sido invitada por el director checo a pasar unos meses en Los Ángeles, le propuse que me alquilara su departamento mientras el mío estuviera inutilizable. Así fue como finalmente vi, traté y ¿por qué negarlo? aprendí a apreciar a esas mujeres, aunque nunca pude recordar sin vacilar cuál era Herminia, cuál Dorita. En un principio, el hecho de que yo fuera argentino no ayudó a nuestra relación. Entre el "usted" que mi condición de inquilino, aun transitorio, parecía imponerles, y el "vos" irreprensible que siempre terminaba invadiendo la conversación, jugaban para ellas muchos matices de recelo y desconfianza ante un compatriota desconocido, frecuentes entre quienes hemos vivido largamente fuera del país. Para ganarme su buena voluntad llegué a recurrir a un *bavarois aux fraises*, también de Dalloyeau, pero creo que le debo al mero azar de un accidente el buen entendimiento que presidió mi paso por la *rue* de Lille.

Una tarde, al volver al departamento, oí desde la puerta el goteo regular que anuncia una catástrofe. Me precipité a encontrarla; me esperaba junto a la pared que separaba el cuarto de baño del dormitorio: una mancha ya se insinuaba en el cielo raso y en el piso un charco esperaba cada gota con una promesa de resonancia creciente. Por prudencia descolgué de la pared amenazada dos dibujos de Max Beerbohm, los eché sobre la cama y corrí a anunciar la mala noticia. En el cuchitril que en Francia se llama *loge de concierge*, y que habían logrado transformar en un dúplex aceptable, Herminia, o Dorita, interrumpió el ajuste de una bisagra y, seguida por su colega, subió de a dos los gastados escalones de mármol cuya irregularidad imponía prudencia aun a los más antiguos habitantes del edificio. Tras un somero examen de la situación, una de ellas dictaminó: "¡Zas! El puto del segundo se bañó de nuevo..." Sobrevino un interminable instante de incomodidad en que nos miramos en silencio. Decidí que no había oído nada y pregunté: "¿Se animan a ver de qué se trata o llamamos a un plomero?" Aliviada, Herminia, o Dorita, respondió inmediatamente: "Voy a buscar las herramientas."

147

¿De dónde venían esas mujeres tan distintas de la mayoría de los argentinos que he conocido en París? Aunque nunca cedieron a la confidencia, alguna vez revelaron que en un pasado no demasiado remoto habían tenido una fiambrería en la estación Once. "No se crea que era una fiambrería cualquiera. Jamón del bueno, nada de paleta." Inflación, devaluaciones, regímenes militares e ilusa democracia, la interminable pauperización de la clase media que viajaba cotidianamente por ese ferrocarril, todo contribuyó a arruinarlas. Las imagino cubiertas de deudas, escuchando la ronca sirena —propongo— de una amiga que sobrevivía en París haciendo limpiezas por horas. Estoy seguro de que no vacilaron en comprar dos pasajes, ya fuera con sus últimos pesos o pidiendo prestado dinero que esperaban no tener que devolver. Sin hablar francés, sin lo que en tiempos idos las agencias de personal doméstico llamaban "buena presencia" ¿qué impensable causalidad las condujo a esa portería? En sus horas libres planchaban "para afuera" y hacían limpiezas a domicilio en el barrio. Ahorraban con pasión e ingenio. Se vestían con lo que los habitantes del edificio descartaban. Una le cortaba el pelo a la otra. Fuera de la misa en castellano de Saint-Germain-des-Prés, creo que su única salida eran, un sábado por mes, las reuniones danzantes de un círculo femenino en Montreuil, uno de cuyos boletines fue a parar por error entre mi correspondencia. "No se crea que vamos a envejecer aquí. No bien llegue la jubilación, rompemos la chanchita y ¡a España frente al mar!"

Un tórrido domingo de julio, vi desde las ventanas de la sala que en la esquina de la *rue des* Saints-Pères la policía colocaba una barrera; miré en la dirección opuesta y comprobé que una barrera idéntica, guardada por dos agentes, ya impedía el acceso en la esquina de la *rue* de Beaune. Enfrente, ante la imponente puerta cochera del número 5, el sopor matinal, dominical, estival, apenas se alteraba por los obreros que levantaban un estrado y conectaban altoparlantes. Sólo entonces distinguí, sobre el muro exterior de ese *hôtel particulier*, un paño del que colgaba un hilo; comprendí que una placa, de las tantas con que las calles de París se esfuerzan por recordar un pasado prestigioso, iba a ser descubierta más tarde. El público fue llegando antes que los dignatarios; pero tal vez público no sea la palabra apropiada: se trataba, evidentemente, de invitados, de delegaciones, que en grupos iban cubriendo gradualmente la calzada. Estaban, todos, vestidos con estudiada sencillez y los rostros trasuntaban, en distintas entonaciones nacionales, una misma ironía, una misma distancia, ese tácito "estoy aquí y al mismo tiempo me miro estar aquí" que distingue a quienes, a falta de una palabra menos gastada, llamamos intelectuales.

Distintos idiomas llegaban a la ventana del primer piso desde donde yo, en short y con el torso desnudo, observaba ese espectáculo buscándole una clave, ignorado por el elenco siempre creciente que ya llenaba el improvisado escenario. De pronto creí escuchar acentos porteños: "...se va a poner verde de envidia cuando sepa que estuvimos", "que se embrome", y otras expresiones de competitividad y desdén que me eran familiares. Las voces —tardé un momento en detectar su origen— provenían de un grupo que se había ubicado en medio de la calzada, no lejos de mi ventana; los hombres parecían sabiamente despeinados; las mujeres, sin edad reconocible, lucían con la misma complacencia rostros ajados y el lino arrugado de su ropa. "Psicoanalistas de Belgrano" me dije y en ese instante recordé que en el número 5 de la *rue* de Lille, donde el estrado aún vacío y la placa aún cubierta anunciaban una ceremonia inminente, había vivido, y practicado su arte durante décadas, Jacques Lacan. Como llamados por mi tardío reconocimiento, automóviles oficiales se detuvieron en la esquina, guardias los rodearon y en medio de una escolta vi acercarse al estrado al ministro de Relaciones Exteriores seguido por la hija y el yerno del homenajeado. Escuché sin gran interés los discursos de circunstancia hasta que, recorriendo con la mirada esa asamblea informal de escuelas freudianas del mundo, sorprendí las expresiones de incredulidad, aun de espanto de mis compatriotas: azorados, en vez de atender a los oradores, no despegaban los ojos de un punto para mí invisible, que debía estar en la puerta de la casa, bajo mi ventana. Al rato, aburrido, decidí vestirme y salir. Así pude descubrir qué había perturbado de tal modo a los "psicoanalistas de Belgrano": Herminia y Dorita, tan curiosas como yo ante una distracción no programada, se habían instalado en el umbral, una de pie, la otra sentada en un banquito. La que estaba de pie comía uno de esos buñuelos —¿dónde lo había encontrado, en París?— que en el Buenos Aires de mi infancia, en las panaderías de barrio, eran parte de lo que se llamaba factura, conocidos indistintamente como "suspiros de monja" o "bolas de fraile". La que estaba sentada cebaba el mate, con la pava de agua caliente posada sobre las *tomettes* del siglo XVIII.

Ésta es la imagen definitiva que guardo de Herminia y Dorita, y no quiero borronearla con otra menos afectuosa.

El verano terminó, yo volví a la *rue* de la Grande Chaumière y mi amiga volvió a la *rue* de Lille, aunque solamente para levantar el departamento y volver a Los Ángeles, donde se casó con el director checo y se instaló, tal vez definitivamente. El ministro de Relaciones Exteriores, bajo un gobierno posterior, se vio acusado de tenebrosos tráficos de armas y sobornos y exacciones; una amante suya, presunta cómplice, conoció la fugaz notoriedad de los tribunales y la televisión, y procuró prolongarla con un libro de memorias, poco vendido a pesar del título de *best seller: La Putain de la République*. Parece que en esa misma *rue* de Lille el ministro —hombre de gusto, lector de Sade, paciente de Lacan— había puesto a nombre de esa mujer un piso de doscientos cuarenta metros cuadrados y una colección de estatuas asiáticas. De Herminia y Dorita no supe nada. Una tarde, varios años después, pasé ante la puerta del que había sido mi domicilio ocasional y se me ocurrió saludarlas. De la *loge* asomó la cabeza de una francesa irritada: *"Connais pas!"* gruñó y cerró bruscamente su ventanuca.

Escribo estos recuerdos al volver de Los Ángeles donde visité a mi amiga inglesa y su marido checo. Sobre un estante de su biblioteca reconocí en una foto enmarcada a Herminia y Dorita. Parecían más jóvenes que en mi memoria, aunque tal vez esto sea una ilusión debida a las sonrisas, a la tez bronceada, a las palmeras recortadas sobre el intenso azul del cielo; visten, eso sí, trajes que sin demasiada suspicacia supongo, muy adaptados, son los que heredaron hace una década. Al pie de la foto, con letra aplicada, Herminia, ¿o Dorita?, había escrito: "Para nuestra inglesita querida. Las Malvinas, que se hundan. Con un beso, Herminia y Dorita. Alicante, 1999".

(1999)

A. T.

"Cada individuo que muere es una biblioteca que arde." Había leído la frase muchas veces, atribuida a autores siempre distintos, cuando no anónimos, pero nunca pensé que expresaría con tanta fuerza un sentimiento personal. Sí, podía entender que, con toda vida que se extingue, se pierde un acopio de experiencias intransferibles, famosas u oscuras; lo que no sospechaba es que la cita, tantas veces recordada, fuera a golpearme en medio de una biblioteca, de los libros que, lejos de quemarse, han sobrevivido a la muerte de mi mejor amigo.

Alberto Tabbia murió, bruscamente, el 15 de mayo de 1997. Más de cuarenta años antes, había empezado a prestarme los libros que yo, adolescente, no podía comprar. A lo largo de los años los libros siguieron siendo el vínculo central que nos unía, más fuerte que ocasionales disensiones o la mera distancia.

Cuando Alberto iba a París, nuestra diversión preferida era "hacer" los *bouquinistes* de orillas del Sena, esperando el imprevisible descubrimiento. En Zurich o en Antibes, en Londres o en Estambul, habíamos descubierto librerías de segunda mano que no se dedican a las primeras ediciones ni a costosos volúmenes antiguos. En ellas encontrábamos muchos autores "menores", poco reeditados, que frecuentábamos con el placer de una tácita complicidad.

He venido a Buenos Aires para revisar y ordenar las notas y textos inéditos de mi amigo (algunos de los cuales sospechaba que escribía, sin que su invencible timidez le permitiera confesármelo). Entre libros me interno en los cuadernos y carpetas de alguien cuya vida transcurrió entre libros, libros que, lo sé, le procuraron los mayores momentos de felicidad. En sus notas encuentro fragmentos que me conmueven de manera particular. A fines de los años 40, cuando vivía en San Andrés y tomaba el tren para estudiar en la vieja Facultad de Filosofía y Letras de la calle Viamonte, anota: "El día empezó bien: al llegar a Retiro, en el quiosco de Mitchell's, estaba el nuevo número de *Penguin New Writing* con dos poemas de Auden." (¿Un quiosco de esa librería inglesa, que llegué a conocer en sus últimos años, en medio de una estación hoy desastrada?) Otra nota, tal vez de la misma época: "El mejor momento de la Fiesta de la Poesía, en la SADE, fue cuando Wilcock, desde la azotea, leyó un poema de Silvina." (¡La SADE en la vieja casona de la calle México, todavía entonces un club de amigos, sin aspiraciones de representación gremial!)

Miro en los estantes de Alberto la colección completa de *Horizon*, la revista de Cyril Connolly, la de *Orígenes*, la de *New Directions*, la de *Sur*. Nada me parece representar mejor esos tiempos idos que la vida de esas revistas. Tal como existieron hasta los años 50 o 60, las revistas literarias son criaturas hoy irrepetibles. Aunque sobrevivan, les falta para respirar aquel aire compartido entre lectores, escritores y editores, a quienes no se les ocurría dudar de la primacía de lo literario.

¿En qué momento la literatura dejó de ser el centro inapelable de la cultura? El psicoanálisis, las ciencias sociales, la mera política iban a convertirla, como la computadora al libro, en un objeto si no de lujo al menos de prestigio... La posibilidad de vivir, de entender la vida y de evaluarla a través de la literatura, ya no era evidente hace treinta años. Para quienes, como yo, alcanzamos a vislumbrar el último resplandor de esa época, la biblioteca que ardió es impalpable: se trata menos de volúmenes que de ciertos valores, o de la serena confianza en ellos.

Cada época consagra sus ídolos, designa sus víctimas y, finalmente, desaparece "no con una explosión sino con un quejido" (T. S. Eliot). La biblioteca que ha sobrevivido a mi amigo se me figura menos la de un individuo, con sus gustos y elecciones, que la de una época: aquella en cuyo ocaso yo me asomé al mundo, antes que, muy pronto, me tocase vivir en otro. Entre estos libros sigue viviendo Alberto Tabbia y, también, descubro un otro yo mío: el que hubiese podido ser, el que tal vez haya sido, escondido entre las líneas o en los márgenes de lo que parece mi vida; alguien para quien sólo existe lo que ha pasado por la literatura.

(1997)

155

NOTA

*Debo a la generosa insistencia de Luis Chitarroni, y
a la de sus cómplices Eduardo Paz Leston y Ernesto
Montequin, la coartada para reunir estos textos disper-
sos en el espacio, ilusoriamente menos efímero, de un
volumen. Varios de ellos son inéditos en castellano, y
llegan al idioma en forma bastante diferente del original, reescritos y recompuestos más que traducidos: es el
caso, sobre todo, de "El violín de Rothschild" y "Mittel-
europa-am-Plata". Algunos —"Las chicas de la rue de
Lille", "El antes y el después"— se asoman a la letra
impresa por primera vez. Otros, ya publicados en castellano, aparecen ahora en versiones más completas
que las autorizadas por la disciplina periodística. Las
fechas que rubrican todos estos textos son las de su
composición original, no las de la versión presente, que
corresponde al fatídico o esperanzado año 1999.*

E. C.
París, mayo de 2000.

157

ÍNDICE

ANDANZAS

ENCUENTROS

Composición de originales
Panorama gráfica & diseño

Esta edición de 3.000 ejemplares
se terminó de imprimir en
Artes Gráficas Piscis S.R.L.,
Junín 845, Buenos Aires,
en el mes de marzo de 2001.